ET PUIS, PAULETTE…

Barbara Constantine écrit des romans et retape une maison dans le Berry. Tout en regardant passer les grues, pousser les fleurs, les arbres, vivre les chats, les oiseaux, les écureuils… Elle est l'auteur d'*Allumer le chat* (2007), *À Mélie, sans mélo* (2008), *Tom, petit Tom, tout petit homme, Tom* (2010), *Et puis, Paulette…* (2012).

Paru dans Le Livre de Poche :

À MÉLIE, SANS MÉLO

TOM, PETIT TOM, TOUT PETIT HOMME, TOM

BARBARA CONSTANTINE

Et puis, Paulette...

ROMAN

CALMANN-LÉVY

ISBN : 978-2-253-17793-7 – 1re publication LGF

À Renée et Robert,
mes voisins d'avant.
Et à Alain,
mon voisin de maintenant.

Mahault, 5 ans ¾, donne un bouquet de fleurs qu'elle vient de cueillir à son petit voisin.

— Tiens, garde-le, comme ça quand tes parents seront morts tu pourras le mettre sur leur tombe.

(Mahault, ma petite-fille,
aime partager son savoir.)

Une couille dans le potage,
c'est une erreur,
deux, c'est une recette.

Franz Bartelt, *Nadada*,
La Branche, 2008,
cité dans *Pas mieux*,
d'Arnaud Le Guilcher,
Stéphane Million Éditeur.

1

Histoire de gaz

Le ventre bien calé contre le volant et le nez sur le pare-brise, Ferdinand se concentre sur sa conduite. L'aiguille du compteur collée sur le cinquante. Vitesse idéale. Non seulement il économise de l'essence, mais ça lui laisse tout le temps de regarder défiler le paysage, d'admirer le panorama. Et surtout, de s'arrêter à la moindre alerte, sans risquer l'accident.

Justement, un chien court, là, devant lui. Réflexe. Il écrase la pédale de frein. Crissement de pneus. Le gravier vole. Les amortisseurs couinent. La voiture tangue et finit par s'immobiliser au milieu de la route.

Ferdinand se penche à la portière.

— Où tu vas comme ça, mon gars ? Traîner la gueuse, j'parie ?

Le chien fait un écart, dépasse la voiture au galop et va s'aplatir un peu plus loin dans l'herbe du fossé. Ferdinand s'extirpe.

— Mais t'es le chien de la voisine. Qu'est-ce que tu fais là, tout seul ?

Il s'approche, tend la main très doucement, caresse sa tête. Le chien tremble.

Au bout d'un moment, enfin amadoué, il accepte de le suivre.

Ferdinand le fait monter à l'arrière et redémarre.

Arrivé à l'entrée d'un chemin de terre, il ouvre la portière. Le chien descend, mais vient se coller contre ses jambes en geignant, l'air d'avoir peur. Ferdinand pousse la petite barrière en bois, l'incite à entrer. Le chien rampe à ses pieds, geint toujours. Il remonte le chemin entre les deux haies de broussailles, arrive devant une petite maison. La porte est entrouverte. Il crie... Oh... Y a quelqu'un ?... Pas de réponse. Il regarde autour. Personne. Il pousse la porte. Au fond, il distingue dans la pénombre une forme allongée sur le lit. Il appelle. Rien ne bouge. Renifle. Ça pue là-dedans... Il renifle encore. Ouh la ! Ça pue le gaz ! Il court vers la cuisinière, revisse la mollette de la bouteille de butane, s'approche du lit. Madame, madame ! Il se met à tapoter les joues de la dame. Au début, doucement, mais comme elle ne réagit pas, il y va de plus en plus fort. Le chien jappe en faisant des bonds autour du lit. Ferdinand s'affole aussi, se met à la gifler à toute volée. Lui crie de se réveiller. Cris et aboiements mélangés. Madame Marceline ! Ouaf Ouaf ! Ouvrez les yeux, nom de Ouaf ! Réveillez-vous, je vous en pOuaf Ouaf !

Elle finit par pousser un petit gémissement.

Ferdinand et le chien soupirent en même temps.

2

Cinq minutes plus tard, ça va mieux

Marceline a repris des couleurs et insiste pour lui servir quelque chose. Ce n'est pas tous les jours qu'elle a de la visite. Ils sont voisins, mais c'est la première fois qu'il met les pieds chez elle. Ça se fête. Ferdinand a beau répéter qu'il n'a pas soif, qu'il passait juste lui ramener son chien, elle se lève quand même, titube jusqu'au buffet, sort une bouteille de vin de prune dont elle aimerait qu'il lui donne des nouvelles. C'est la première fois qu'elle en fait. Vous me direz ce que vous en pensez ? Il hoche la tête. Elle commence à le servir, soudain s'arrête, demande, inquiète, s'il doit reprendre la route après ça. Il répond qu'il rentre chez lui. Ce n'est qu'à cinq cents mètres d'ici, il pourrait faire le chemin les yeux bandés ! Rassurée, elle finit de le servir. À peine a-t-il le temps de tremper les lèvres qu'elle est prise de vertiges. Elle se laisse tomber lourdement sur une chaise en se tenant la tête à deux mains. Ferdinand, gêné, se concentre sur la toile cirée, fait glisser son verre le long des lignes et des carrés. Il n'ose plus ni boire ni parler. Après un long silence, il lui demande, presque en chuchotant, si elle veut qu'il la conduise à l'hôpital.

— Pourquoi donc ?

— Pour vous faire ausculter.

— Mais j'ai simplement mal à la tête.

— Oui, mais… à cause du gaz.

— Oui…

— C'est pas bon, ça.

— Eh non.

— Il peut y avoir des effets secondaires.

— Ah ?

— Des vomissements, je crois bien.

— Ah bon. Je ne savais pas.

Un autre long silence. Elle garde les yeux fermés. Il en profite pour regarder autour de lui. La pièce est petite, sombre et incroyablement encombrée. Ce qui lui fait aussitôt penser que chez lui, c'est exactement le contraire. Ça résonne presque, tant la maison est vide. Cette pensée le déprime, il retourne à l'étude de la toile cirée. Finalement, il demande.

— Je ne m'occupe pas des affaires des autres en général, madame Marceline, vous le savez. Mais… ce ne serait pas à cause d'avoir trop de soucis en ce moment que vous avez… que vous avez… ?

— Que j'ai quoi ?

— Le gaz ?

— Quoi donc, le gaz ?

— Eh bien, mais…

Difficile pour Ferdinand. Sujet intime. Pas sa tasse de thé. Il sent qu'il doit dire quelque chose, pourtant. Alors il commence par tourner autour du pot, à parler pour ne rien dire, tente de se faire comprendre à demi-mot. (Il aime beaucoup l'expression « lire entre les lignes », aussi.) Il est tellement convaincu que les mots trahissent la pensée qu'il préférerait fonctionner à l'instinct et lui laisser faire le boulot. Tout en admettant, avec lucidité, qu'il lui a souvent joué des sales tours, ce con-là ! Une chose entraînant l'autre, sans le vouloir, il a peur de provoquer un trop-plein d'émotion, un épanchement de larmes ou un dévoilement de secret. Ça ne lui plaît pas du tout. Si seulement chacun essayait de se débrouiller de son côté, la vie serait plus simple ! Avec sa femme, il avait la parade pour éviter le piège des discussions trop intimes : dès qu'il la sentait glisser dans cette direction, il évoquait le passé. Juste un mot, comme si de rien n'était. Et hop, il ne lui restait plus qu'à écouter d'une oreille distraite. Elle aimait tellement ça, causer, sa pauvre femme. De tout, de rien, de banalités. Une vraie pipelette. Mais ce qu'elle aimait par-dessus tout, c'était parler du passé. De sa jeunesse. De comment c'était mieux avant. Combien c'était plus beau. Surtout avant qu'ils se connaissent ! Elle finissait toujours par énumérer rageusement tout ce qu'elle aurait pu vivre, ailleurs, en Amérique, en Australie ou au Canada, peut-être. Ben oui, pourquoi pas, ça aurait pu ! Si seulement il ne l'avait pas invitée à danser, ne lui avait pas murmuré des mots doux, ne l'avait pas tenue aussi serré, pendant ce foutu bal du 14 juillet. Quel regret.

Il ne lui en voulait pas. Lui aussi avait rêvé. À des trucs chouettes, aussi. Mais il avait compris très vite que les rêves et l'amour, ce ne serait pas pour ce coup-ci. Il n'était peut-être pas fait pour. Ou bien ce serait pour une autre fois. Ou dans une autre vie, tiens, comme les chats !

Bon. Retour au présent.

Il est chez sa voisine. Elle a un problème, mais n'a pas l'air de vouloir en parler, malgré les questions qu'il pose discrètement. Il ne sait pas grand-chose d'elle. Juste qu'elle s'appelle Marceline. Elle vend du miel, des fruits et des légumes au marché. Elle est un peu étrangère. Russe ou hongroise, peut-être ? Un pays de l'Est, en tout cas. Ça ne fait pas longtemps qu'elle est installée ici. Quelques années, pourtant. Six ou sept ? Ah ben oui, quand même…

Il regarde encore autour de lui. Remarque cette fois qu'il n'y a ni chauffe-eau au-dessus de l'évier, ni réfrigérateur, ni machine à laver, ni téléviseur. Aucun confort moderne. Comme quand il était petit. Juste la radio pour se tenir au courant des nouvelles, et l'eau froide à l'évier pour se laver. L'hiver, il se rappelle, il cherchait toujours le moyen d'y échapper. Et aussi à la corvée de linge, raide et gelé au sortir du lavoir, qu'il fallait aider à essorer, avec le bout des doigts tout crevassé. Qu'est-ce qu'on se faisait chier, la vache, en ce temps-là ! Il se dit que, dans le fond, cette pauvre Mme Marceline, elle en a peut-être eu marre de cette vie-là. De cette âpreté et de tous ces emmerdements. Elle a dû perdre courage. Et puis, d'être loin de son pays, loin de sa famille, aussi ? Ce serait très possible que ce soit ça la raison de…

Il sent qu'il ne va pas pouvoir y couper. Qu'il va devoir prendre sur lui, se forcer à parler. D'autres choses que des riens, de la pluie ou du beau temps.

Ou même de son chien. Qu'est-ce qu'il est malin, dites ! Vous en avez de la chance d'en avoir un comme ça. Le dernier que j'ai eu, il était idiot, mais très affectueux. Celui-ci… C'est une chienne ? Vous êtes sûre ? Je n'avais pas fait attention.

Il inspire. Et se lance. Tout de go, il dit qu'il comprend. Qu'il lui est arrivé aussi une fois ou deux d'en avoir envie. En fait, trois. Allez, pour être complètement honnête, quatre. Oui, mais… il a pris le temps de réfléchir avant, lui. Et il a trouvé de très bonnes raisons de ne pas le faire. Comme, par exemple… À froid, là tout de suite, il ne pense à rien. Ah si, bien sûr, qu'il est bête : ses petits-enfants ! Les petits-enfants, c'est merveilleux. C'est passionnant. Et si différents de ses propres enfants. Si, si, vraiment. Plus mignons, plus vifs et beaucoup plus intelligents. Ça tient peut-être à l'époque, les temps ont changé. À moins que ce ne soit nous qui en vieillissant devenions plus patients. Possible… Vous n'en avez pas ? Aucun petit du tout ? Mince. C'est dommage. Mais il y a d'autres choses auxquelles on peut se raccrocher. Attendez, je réfléchis.

Elle lève les yeux, regarde le plafond.

Il se gratte la tête. Se presse de trouver.

— Vous savez, c'est important aussi de se rappeler, de temps à autre, qu'il y a plus malheureux que soi. Ça remet bien les pieds sur terre. Ou les pendules à l'heure, si vous préférez. On en a besoin, quelquefois, vous ne croyez pas ?

Elle a l'air d'être ailleurs. Il cherche un truc marrant.

— Vu que personne n'est jamais revenu pour dire si c'était mieux là-bas, ça ne vaut peut-être pas la peine de prendre les devants, hein, madame Marceline ? Il est urgent d'attendre, quoi.

Il ricane. Attend sa réaction.

Rien ne vient.

Il s'inquiète pour de bon. Se penche vers elle. Vous comprenez quand je vous parle ? Il y a peut-être certains mots que vous ne…

Elle tend la main vers le tuyau de la gazinière et dit avec un petit tremblement dans la voix que ça y est, elle cherchait depuis tout à l'heure, mais voilà. Tout ça, c'est la faute de son vieux chat. Il a disparu depuis quelques jours. Peut-être est-il mort ? Pourvu que ce ne soit pas ça. Ce serait un tel déchirement… En attendant, c'est devenu l'anarchie, ici. Elles font ce qu'elles veulent, les souris. N'arrêtent pas de danser. Toute la nuit et toute la journée. Dans les placards, sous le lit, dans le garde-manger. Elles grignotent, grignotent sans arrêt. Elle a l'impression de devenir folle ! Si ça continue, elles vont finir par monter sur la table et manger dans son assiette, elles sont tellement effrontées, ces petites bêtes-là.

Ferdinand a décroché. Il ne l'écoute plus qu'à peine. Elle divague complètement, la pauvre femme. Ça doit être à cause du gaz. Son histoire de chat mort et de souris qui dansent, ça n'a ni queue ni tête. Il la regarde parler, baisse les yeux sur ses mains. Belles et abîmées. Il pense que c'est le travail de la terre qui fait ça, elle devrait se soigner, mettre de la crème, ça leur ferait du bien. Elle a l'air plus jeune qu'il croyait, pourtant. La soixant…

D'un coup, elle se met debout. Surpris, il sursaute, se lève aussi. Elle lui dit que c'est drôlement agaçant de parler dans le vide. Mais bon, ça va mieux maintenant. Merci pour tout, il peut s'en aller, elle va s'allonger et prendre un peu de repos. Le gaz, ça l'a sonnée. Ferdinand regarde la pendule : quatre heures et demie, c'est tôt pour aller se coucher. Il s'étonne. Elle lui dit qu'elle ne le raccompagne pas, qu'il trouvera bien son chemin tout seul. Il dit oui, en cachant un sourire en coin. On ne risque pas de se perdre dans une maison où il n'y a qu'une seule pièce ! Il caresse la tête de la chienne. Bon ben, au revoir, madame Marceline. Si vous avez besoin de quoi que ce soit, n'hésitez pas à m'appeler. Merci, oui, je n'y manquerai pas. Elle hausse les épaules, grommelle pour elle-même : Dès que j'aurai fait brancher le téléphone, bien sûr…

Tout en retournant à sa voiture, Ferdinand essaye de mettre bout à bout ce qui vient de se passer : il y a cette dame qui a failli mourir asphyxiée, qui vit dans cette toute petite maison, à deux pas de chez lui, depuis des années, il a dû la croiser des centaines de fois, sur la route, à la poste, au marché, ne lui a parlé qu'à peine, du temps qu'il faisait, de ses récoltes de miel… Et là, paf ! il rencontre son chien… enfin, sa chienne… Mais, s'il ne s'était pas arrêté sur la route, tout à l'heure, pour la ramener, elle serait sûrement morte à l'heure qu'il est, cette Mme Marceline ! Et il n'y aurait eu personne pour s'en soucier.

Merde.

C'est pas gai.

Il monte dans sa voiture, démarre. Se dit qu'il regrette de ne pas avoir répondu à sa question, tout à l'heure. Tant pis, il repassera demain ou un autre jour. Pour lui dire franchement ce qu'il en pense, de son vin de prune. Qu'il est drôlement réussi, ma foi, pour une première, madame Marceline. Dans le temps, Henriette, sa femme trépassée, elle en faisait. Mais jamais du aussi bon. Si, si, je vous assure, c'est sincère.

Dans la petite maison, Marceline s'allonge.

Sa tête lui fait un peu moins mal. Elle arrive à penser.

Drôle de bonhomme, ce Ferdinand. Et quel bavard ! Il n'a pas arrêté de parler tout le temps qu'il était là, c'était un peu saoulant. Elle n'a pas tout bien compris. L'histoire de la pendule à remettre à l'heure, par exemple, pourquoi à ce moment-là, mystère. Il a dû avoir une grosse dépression, il avait l'air d'avoir besoin de s'épancher. Un petit peu gênant, mais c'était la moindre des choses de l'écouter. En tout cas, c'est gentil à lui d'avoir ramené la chienne. Elle devra penser à le remercier, la prochaine fois. Un pot de miel, peut-être, s'il aime ça. Et là, d'un coup, des souvenirs reviennent. Elle se rappelle la femme du monsieur. Ouh lala… pas du tout sympathique ! Épouvantable, même. C'était au début, elle ne connaissait rien ni personne. Les bêtes avaient faim, et elle aussi. Elle s'était servie dans le potager. Et puis, naturellement, elle s'était mise à le cultiver. Pour pouvoir continuer à se nourrir et éventuellement gagner quelques sous. En attendant de pouvoir réfléchir à la suite à donner. Bon. Malgré tous ses efforts, la première année avait été un fiasco. À maturité, ses carottes ne dépassaient pas la grosseur d'un radis et ses oignons, celle de petits grelots ! Et toutes les semaines, dame Henriette arrivait, s'arrêtait devant son étal au marché et regardait ses denrées avec un petit air dégoûté. L'année suivante, les choses s'étaient améliorées. Les carottes s'étaient mises à ressembler à des carottes, les poireaux à dépasser la taille d'un stylo. Et l'Henriette avait commencé à lui acheter des petites choses, par-ci par-là, mais en donnant à chaque fois l'impression de faire l'aumône. Elle aurait aimé pouvoir l'envoyer promener. Mais elle n'était pas en position. Oui, vraiment, elle avait détesté cette femme-là.

Et elle se dit que, les couples, ça restera toujours une énigme. Le sien aussi, certainement. Elle n'a pas spécialement envie de penser à ça. C'est tellement loin, un peu comme dans une autre vie. Mais eux, là, tout de même… Henriette et Ferdinand, sans les avoir vraiment connus, elle se demande comment ils ont pu faire pour vivre toute leur vie ensemble en étant si dépareillés. Qu'est-ce qui avait fait qu'ils n'étaient pas partis en courant chacun de leur côté dès que le feu de la passion était retombé ? Bon, ça n'a pas beaucoup d'intérêt. En tout cas, lui, il donne, a priori, l'impression d'être différent. Sous des dehors un peu raides, un peu distants, il n'a pas l'air méchant. Avec sa grosse blessure qui lui barre la poitrine et qu'il se donne tant de mal à cacher, il est assez touchant. Quand il parle de ses petits-enfants, on voit bien qu'ils lui manquent, il n'a pas encore eu le temps de s'habituer à leur départ. Ça a dû lui faire un choc, de se retrouver seul dans sa grande ferme vide.

Pauvre vieux.

C'est pas gai.

À la tombée de la nuit, Marceline s'est levée. Son mal de tête était passé. Elle a commencé par vérifier le tuyau du gaz rongé par les souris. Il en restait une bonne longueur. Elle a pu réparer et mettre sa soupe à cuire.

3

Cadeau matinal

En se réveillant le lendemain matin, Ferdinand a crié Mince ! Depuis quelque temps, il fait de gros efforts pour châtier son vocabulaire. Que ce ne soit plus un prétexte pour sa belle-fille, Mireille, de l'empêcher de voir ses petits-enfants. Donc, il a crié Mince ! pour ne pas employer le mot « merde » quand il s'est rendu compte que ses draps étaient mouillés. À l'évidence, il avait dû faire le même rêve que les trois nuits qui avaient précédé. Celui où il nage comme un poisson dans des eaux bleues et chaudes avec une bande de copains dauphins. Les seuls qu'il ait jamais vus, c'est à la télé, dans des documentaires animaliers ou des émissions du genre *Thalassa* ! Et ce n'est pas fini. Encore un peu vaseux et comme chaque matin, il a envoyé son pied gauche tâtonner autour du lit à la recherche de sa charentaise égarée. Quand ses orteils sont enfin tombés sur quelque chose de doux et de tiède, automatiquement, il s'est levé pour l'enfiler. Et il a crié Putain de merde ! Mais là, il avait un peu le droit, il avait marché sur un cadavre ! La souris quotidienne, cadeau de son chat. Pour être plus exact, le chaton de ses petits-fils adorés. Mireille étant devenue allergique à ses poils deux jours seulement avant leur déménagement, il avait bien été obligé d'accepter de le garder. Oui oui, c'est d'accord, grand-père Ferdinand va s'occuper de vot' petit minet. Vous inquiétez pas, je vais bien le soigner. Et vous pourrez venir le voir quand vous voudrez, OK ? Allez, mes Lulus, pleurez plus, s'il vous plaît…

À choisir, il aurait préféré un chien. Même s'il avait juré, six mois plus tôt, qu'il n'en reprendrait plus jamais d'autre après Velcro. Parfaitement idiot, pas du tout obéissant, gardien passable, mais si affectueux. Ça compensait tout le reste. Ah lala, il lui manquait, celui-là. Les chats, c'est simple, il ne les aimait pas. Fourbes, sournois, voleurs et compagnie. À peine bons à chasser les souris et les rats. Et encore, si on tombait sur un bon. Question obéissance, on savait d'avance que ce serait zéro. Et pour l'affection, c'était quand ils voulaient. Possible aussi que ce soit jamais !

Résultat : le soir même du déménagement, la boule de poils s'était installée sur son lit, sans qu'il ose le chasser, il était si petit…, le deuxième, sous l'édredon, collé tout contre lui, le museau dans le creux de l'oreille, carrément trognon, le quatrième, il faisait ses griffes sur les pieds du fauteuil, sans que cela n'éveille en lui le moindre pincement, la moindre émotion, et arrivé à la fin de la semaine, il mangeait sur la table dans un bol marqué à son nom. Manquait plus que le rond de serviette pour que ce soit complet !

Bientôt deux mois qu'ils sont partis, son fils Roland, Mireille et les deux enfants. Qu'ils ont déménagé de la ferme et que Ferdinand vit seul avec le chat. Et certains jours, il se demande – avec un peu d'étonnement, tout de même – s'il aurait pu aussi bien supporter ce grand chambardement, toutes ses peines, s'il n'avait pas été là, à côté de lui. Le petit Chamalo.

Un autre grand sujet d'étonnement : les bouleversements causés à son caractère. Lui, le gars un peu froid, solide comme un roc, que rien n'ébranlait jamais. Terminé. Du jour au lendemain, il est devenu fragile. Capable de pleurer pour un rien, de s'émouvoir de tout. Un gros accroc à sa cuirasse. Ou plutôt, une brèche. Qu'il tente par tous les moyens de colmater.

Alors, bien sûr, il ne parle à personne de tout ça. Il n'a jamais bien su s'exprimer, encore moins parler de ses émotions. Il aurait l'impression de se mettre à poil au milieu de la grande place, un jour de marché. Très peu pour lui. Il préfère garder tout au fond, bien enfoui, c'est plus simple.

Donc, personne ne sait que le départ des enfants et le vide qui s'en est suivi l'a comme coupé en deux. Plaf. Une grande entaille dans la poitrine. Il va lui falloir du temps pour la guérir, celle-ci. Des mois ou des années. Peut-être qu'elle ne guérira jamais. Probable.

Après le cadavre de la souris, il a retrouvé sa charentaise sous la commode, a pris le petit cadavre par la queue et est allé le jeter dehors, sur le tas de fumier.

Et là, en pyjama, au milieu de la cour, le fond du pantalon encore humide, il s'est demandé très sérieusement comment il allait faire pour expliquer au petit chaton combien ce serait mieux, oui, tellement mieux, s'il mangeait ce qu'il chassait. Tuer pour rien, c'était du gâchis. Ça ressemblait trop à ce que font les hommes. Quel intérêt ? Pas bon à copier, ça, mon minou.

Mais… comment expliquer une chose pareille à un chat ? Un petit, de surcroît. Quatre mois à peine. En âge humain, sept ans ?

Et comment imaginer qu'il comprenne ?

Non, décidément, il ne se reconnaissait plus trop, Ferdinand, depuis quelque temps. Il allait devoir se reprendre en main.

En fin de matinée, le ciel s'est dégagé. Il en a profité pour mettre en route une lessive.

C'était urgent.

Le même rêve trois nuits d'affilée, il ne restait plus un seul drap propre en réserve. Et plus aucun pantalon de pyjama.

Au fait. Si un jour il devait raconter à quelqu'un ce qu'il a ressenti après le départ des enfants, il dirait sûrement qu'une fois la dernière valise chargée, les derniers baisers donnés aux petits et la porte refermée, un grand trou s'est creusé sous ses pieds, un trou noir, plus profond qu'un puits. Et que le vertige qui l'a envahi à cette seconde ne l'a plus lâché depuis. Ferait partie intégrante de sa vie désormais. Il l'a bien compris.

Mais il y a peu de chance qu'il parle un jour de ça.

Pas son truc de se mettre à poil devant qui que ce soit.

4

Ferdinand s'ennuie puis plus du tout

Après déjeuner, il a étendu le linge dehors pour le faire sécher. Puis il est allé traîner du côté de la grange. En passant près du tracteur, il n'a pas résisté à l'envie de grimper dessus. De le faire démarrer, histoire de vérifier que le moteur tourne encore. Après ça, il est entré dans l'atelier. Sur l'établi, il a vu la plaque à moitié gravée pour Alfred, laissée en plan depuis des semaines. Toujours pas terminée. Avec un pincement, il a jeté un œil aux outils, machinalement s'est mis à trier des vieux clous. Il n'avait pas envie de s'y mettre. Alors, tant pis, il a pris son auto. Il a ralenti en passant devant le chemin qui mène chez Marceline, a hésité à s'arrêter pour prendre des nouvelles, mais finalement, il a décidé de passer plus tard, peut-être en fin de journée. Et il est allé jusqu'au village. Après s'être garé assez loin de la place du Marché, il a sorti une canne du coffre et a remonté la rue principale en boitant exagérément. Sans croiser personne. Ça l'a un peu déçu. Arrivé au café de la place, il a commandé un verre de vin blanc et s'est installé à une table en terrasse. Comme d'habitude depuis deux mois maintenant.

À l'horloge de la mairie, il était trois heures et demie.

Il ne lui restait plus qu'une heure à tuer avant la sortie de l'école. Le seul moment où il pouvait voir ses petits-enfants. Ses Lulus. Ludovic, huit ans, et Lucien, six. Leur faire une bise à chacun. Avant que Mireille n'arrive, pressée de les soustraire. De les faire rentrer dare-dare dans leur nouveau chez-eux, en donnant pour raison – et dit avec un ton légèrement navré pour faire plus vrai – leurs si nombreux devoirs !

Sa gorge s'est nouée à l'évocation.

Il a bu un peu de vin blanc pour faire passer.

Et puis il a regardé autour. Rien à voir.

Il a frissonné.

Dans le ciel, un rayon de soleil essayait de se faufiler entre deux nuages gris. Pour se réchauffer, il a fermé les yeux, s'est tendu vers lui. Mais ça n'a pas duré. Des claquements secs sur le trottoir. Tac tac tac tac. Une jeune femme, en jupe tailleur et talons hauts, approchait. Une rareté, dans ce coin. Il a calculé qu'il restait sept secondes avant son passage devant la terrasse… six, cinq… a fait glisser sa canne… quatre, trois… le long de sa chaise… deux, un. Impact. La fille a fait un bond, s'est tordu la cheville en criant Aïe. Elle se préparait à balancer une jolie petite phrase bien calibrée à ce *salopard qui avait laissé exprès traîner sa canne*, quand ses yeux se sont posés sur Ferdinand. Il avait réussi à prendre un air tellement péteux, si parfaitement contrit, ça l'a fait sourire. Mais elle s'est vite reprise. À la place, elle a lancé un regard noir avec sourcils courroucés et tendu vers lui un index menaçant, sous-entendant qu'avec elle, le coup du pauvre innocent, ça ne marchait pas. Elle connaissait par cœur tous leurs trucs, aux vieux. Des grands-parents, elle en avait eu quatre ! Et son stage en entreprise, en classe de troisième, elle l'avait passé dans une maison de retraite, alors, hein… Il a baissé la tête pile à ce moment-là. Et il a plu à Muriel de croire qu'il avait compris le fond de sa pensée. Satisfaite, elle a commencé à remettre de l'ordre dans sa tenue. Elle a lissé soigneusement les plis de sa jupe – avec une attention spéciale pour la partie postérieure, parce que *les plis sur les fesses, putain, c'est vraiment pas la classe* –, a épousseté son sac en le claquant plusieurs fois contre ses mollets, a raccroché une mèche échappée de sa coiffure et, sans un dernier regard à Ferdinand, a repris sa route, soudain inquiète d'arriver en retard à son rendez-vous (avec le mec de l'agence immobilière, rapport à la chambre à louer, mais qu'est-ce qu'elle allait bien pouvoir lui raconter, vu qu'elle n'avait ni caution ni rien de tout ça, ah lala…).

Ferdinand, lui, était content. Il avait réussi à faire sourire une jolie jeune femme. Ça n'arrivait pas tous les jours, une chose pareille. Bon, d'accord, ça n'avait pas été un très grand sourire. Ni une si jolie femme que ça, d'ailleurs. Pour être complètement honnête, elle avait l'air d'une pouffe, avec ses talons hauts et sa jupe trop serrée qui boudinait sa taille déjà pas très fine. Mais ça n'avait pas d'importance, il avait gagné son sourire de la journée.

Maintenant, à l'horloge, il était quatre heures moins le quart. Plus que trois quarts d'heure avant la sortie de l'école. En levant les yeux vers le ciel, il s'est rendu compte que les deux nuages gris en avaient profité pour se fondre en une seule masse compacte et dangereusement noire. Il s'est rappelé le linge qu'il avait mis à sécher, s'est dit qu'il était encore temps de rentrer avant qu'il ne se mette à pleuvoir. Comme vache qui pisse, nom de Dieu ! Pour y arriver, il allait devoir mettre la gomme.

Bien sûr, il s'en est voulu d'être resté assis aussi longtemps à la terrasse du café. Ses jambes s'étaient ankylosées. Ça lui a pris du temps avant de les déplier et quand enfin il a réussi à se mettre debout, Roland, son fils, est arrivé, s'est planté devant lui, la bedaine en avant.

— Ah mais, d'où tu sors ?

— N'exagère pas, j'habite à côté, tu sais bien.

Si Roland s'était dérangé pour venir jusque-là, c'était forcément pour lui parler de quelque chose d'important. Mais comme d'habitude, il ne savait pas comment s'y prendre, ni par où commencer. Et pour gagner du temps, il se dandinait d'un pied sur l'autre, en se raclant la gorge. Très agaçant.

— Oui... ?

— Eh bien, je pense qu'à force de faire l'idiot avec ta canne, tu vas finir par provoquer un accident.

Ferdinand s'est rassis en soupirant, a sorti sa pipe et un paquet de tabac.

— C'est tout ?

— Non…

— Alors ?

— Alors, Mireille et moi trouvons que, même si tu ne veux pas entrer dans la salle – on peut comprendre tes raisons –, ce serait quand même mieux si tu venais boire ton verre à la terrasse de notre restau. Ce serait plus normal, quoi.

— Ça ressemble à une invitation, dis donc.

Il a pris le temps de tirer quelques bouffées. Pour l'exaspérer encore un peu plus. Roland détestait le voir fumer.

— C'est gentil, fiston. J'apprécie. Sauf que, ce petit vin blanc, je ne saurais pas dire exactement pourquoi, mais… il a meilleur goût ici que chez toi. Y a pas à tortiller.

Roland a encaissé. Une fois de plus, il a ressenti une vive brûlure dans la partie gauche de sa cage thoracique – mais rien qui puisse être qualifié de suspect ou de complètement anormal (il s'est renseigné, le docteur Lubin lui a bien dit que c'était de la tachycardie, rien de plus) – et après quelques raclements de gorge réflexes, il a tourné sèchement les talons pour rentrer chez lui. Dans son restaurant. Juste de l'autre côté de la place, à cinquante mètres à tout casser. Avec terrasse pour fumeurs. Il s'est appliqué à garder une démarche digne et naturelle. La tête haute, les épaules droites, l'ouvre-bouteilles pendu au bout du cordon battant bien sa cuisse au rythme de ses pas. Nickel. Sauf que très rapidement, quelque chose l'a gêné. Quelque chose qui semblait s'être planté au milieu de son dos, pile entre les deux omoplates. Et… ça commençait à l'échauffer sérieusement. S'il s'était écouté, il aurait fait demi-tour, là, et il serait allé lui balancer son poing direct dans la tronche à cet imbécile planqué derrière ses rideaux ! Il lui aurait fait ravaler son petit air narquois et son sourire à la con ! Ah la vache, ça l'a énervé. Il avait pourtant promis à sa femme de rester tranquille. Vite. Se calmer. Réfléchir. Essayer de… En tout cas, si c'était le vieux schnock de père de son collègue cafetier qui venait boire ses coups à sa terrasse à lui, il aurait certainement envie, lui aussi, d'avoir un petit sourire à la con. Juste pour l'emmerder.

Ben oui… c'est vrai ça, dans le fond. Il s'est senti plus calme. Bizarrement, cette pensée l'a ragaillardi.

Mais juste avant de franchir le seuil du restaurant, il s'est pris, venant du fond de la salle, le regard de sa femme en pleine poire. Rebelote, il s'est senti tout petit. Les histoires de famille, jamais sur la place publique, Roland, on en a déjà parlé. Oui, mais tu vois bien, Mireille, mon père me provoque… Il a poussé la porte. La cloche a tinté. Mireille s'est détournée sans prononcer un mot. De toute façon, il savait déjà ce qu'elle pensait. Que si le vieux Ferdinand pouvait mourir là, sur-le-champ, d'une crise cardiaque, ou non, encore mieux : d'une rupture d'anévrisme !, ce serait un grand soulagement.

Comme ça ne lui plaisait pas trop, à Roland, que sa femme puisse penser une chose pareille, il a préféré regarder ailleurs.

Tiens, il allait passer un coup de balai. Ça lui changerait les idées.

Pendant ce temps, Ferdinand, qui ne voulait pas savoir ce qu'il avait provoqué chez son fils – et, par ricochet, chez sa belle-fille –, retournait à sa voiture, en oubliant de boiter, cette fois. Mais il était pressé. Et la pluie menaçait sérieusement.

5

Muriel cherche une chambre et du boulot

Une fois de plus, Muriel s'est déplacée pour rien et elle a eu envie de le faire payer à ce pauvre naze d'agent immobilier. D'autant plus qu'elle a dû sécher un cours pour pouvoir venir. Sans parler de son look, qu'elle a spécialement chiadé pour l'occasion : tailleur, jupe serrée et hauts talons. Elle n'a pas l'habitude. Comme elle a un peu grossi, sa jupe lui scie la taille, et à cause des chaussures, elle a des ampoules aux pieds. En plus, depuis tout à l'heure, sa cheville gauche est légèrement enflée, après que le vieux l'a fait trébucher avec sa canne à la terrasse du café. Bref, tout ça l'a mise de mauvaise humeur. Attaqué, l'agent s'est défendu mollement. Vous comprenez, ce n'est pas facile, les propriétaires changent d'avis comme de chemise, alors dans ces conditions, difficile pour nous d'arriver à travailler convenablement. En ce qui vous concerne, oui, nous aurions dû vous appeler pour vous prévenir de ce désistement, vous avez raison, mais nous sommes débordés, nous n'avons pas eu le temps. Elle a regardé ailleurs pendant son bla-bla, ça lui a laissé le temps de se calmer et surtout d'éviter de lui envoyer son dossier à travers la gueule. Avant de repartir, elle s'est forcée à sourire en lui serrant la main et en lui demandant de l'appeler aussitôt qu'il aurait quelque chose. Et pour être sûre que ça s'imprime bien dans sa petite cervelle de moineau, elle lui a refait le topo : une chambre, meublée ou pas, avec coin douche et WC, même s'ils ne sont pas attenants, c'est pas grave, dans le patelin ou ses environs, et puis pas cher, évidemment. C'était hyper urgent, d'ici la fin du mois elle allait se retrouver à la rue si elle ne trouvait rien. Il a dit : Je fais diligence, mademoiselle, comptez sur moi. En sortant, elle a claqué la porte vitrée assez violemment, tout en se retournant très vite et en portant la main à la bouche, avec les yeux écarquillés, l'air de : Oups, désolée, j'ai pas fait exprès. Il a fait celui qui avait l'habitude, l'a saluée de la main avec un petit clin d'œil en même temps. Ça lui a donné la nausée.

À l'horloge de la mairie, il était quatre heures. Il lui restait trois quarts d'heure avant son autre rendez-vous important de la journée. En fouillant son sac, elle a trouvé de la monnaie égarée dans la doublure, de quoi se payer un café, et elle est entrée au Bar de la place, s'est installée au comptoir. Juste après, Louise l'a rejointe. Elles ont éclaté de rire en découvrant qu'elles s'étaient toutes les deux habillées spécialement. À l'école, elles ne s'étaient jamais vues autrement qu'en pantalon-baskets. Là, en plus, Louise s'était maquillée. Muriel trouvait que ça faisait un peu pute, mais elle s'est retenue de lui en parler.

Pas la peine de la vexer, c'était une nana plutôt sympa. Elles ont bu leur café et c'est assez stressées qu'à cinq heures moins vingt, elles ont traversé la place et sont entrées dans le restaurant. Les enfants venaient à peine de rentrer de l'école et s'installaient à une table pour faire leurs devoirs en prenant leur goûter. En voyant les deux filles entrer, Ludo s'est arrêté de mâcher, sous le choc. Leur démarche altière, la taille de leurs seins, tellement extraordinaires, leurs parfums capiteux qui montaient à la tête, et la bouche vermeille de Louise, il n'en avait jamais vu de pareille… Mireille a remarqué son émoi, lui a fait signe de s'occuper de ses devoirs et, tout en invitant les filles à venir s'asseoir plus loin, leur a proposé un café. Elles n'ont pas osé refuser. Pourtant, elles en étaient déjà à leur cinquième de la journée et elles risquaient la crise de nerfs, les aigreurs d'estomac, tremblements, insomnies, et cetera. Surtout Muriel. Depuis quelque temps, elle souffrait de tous ces symptômes à la fois. Au point d'avoir imaginé arrêter complètement d'en boire et de se mettre au thé. Ce ne serait pas pour aujourd'hui, tant pis.

Et Mireille leur a posé quelques questions. Non, elles n'avaient jamais travaillé dans un restaurant avant. Mais elles en avaient très très envie. Oui, elles avaient dix-neuf ans et étaient toutes les deux élèves en deuxième année à l'école d'infirmières. Elles étaient très contentes de faire ça. Oui oui, elles avaient des chaussures plates, bien sûr, c'était beaucoup plus pratique pour travailler et marcher vite sans se tordre les pieds. Ben oui, elles avaient besoin de gagner un peu de fric, à la fin du mois il ne leur restait souvent pas de quoi s'acheter à bouf... Enfin, c'était raide, quoi. Mireille n'a pas cherché plus loin, elle leur a dit que c'était OK. Elles se sont regardées, pas complètement certaines d'avoir compris si *OK*, ça voulait dire qu'elles avaient décroché le boulot ou pas. Mais très vite, Mireille leur a expliqué ce qu'elles allaient devoir faire, à quelle heure elles devraient arriver, que ce serait mieux si elles évitaient de se parfumer, ça dénaturait le goût des plats, comment les choses se passeraient en gros, et elles n'ont plus douté. Ce n'était qu'une journée, c'est vrai, mais c'était excitant. En plus, dans le coin, à part au printemps et en été pour les récoltes et les vendanges, on ne trouvait pas vraiment de petits boulots. Là, si ça marchait, il y aurait peut-être d'autres occasions. Mariages, enterrements de vie de célibataires, anniversaires, départs à la retraite, il y en avait ici, de temps en temps, des trucs comme ça.

Elles se sont serré la main. Et sous le regard toujours aussi ébloui de Ludo, Muriel et Louise sont sorties du restaurant. En boitillant, parce que les chaussures neuves, ça fait souvent ça, mais c'est encore pire avec les talons hauts. Elles ont attendu d'avoir quitté la grande place pour les retirer et se mettre à courir pieds nus dans la rue, sur le trottoir presque gelé, en criant la joie d'avoir trouvé leur premier boulot.

6

Les parents travaillent, les enfants font du vélo

Samedi.

Mireille a préparé des sandwichs pour le déjeuner des enfants. Ce soir, c'est le fameux banquet des chasseurs. Elle a dû embaucher quatre extras. Muriel et Louise au service, plus deux garçons en cuisine. Tous étudiants. Ça coûte moins cher que des professionnels. L'inconvénient, c'est qu'ils n'ont jamais travaillé dans la restauration avant, il faut donc tout leur expliquer. Ça fait perdre du temps. L'ambiance est plutôt tendue. Roland s'agite dans tous les sens, aboie comme un roquet, s'emporte facilement, il tient ça de sa mère, paraît-il. Les deux garçons ont du mal à le supporter. Ils prennent des pauses le plus souvent possible. Kim, le plus mignon des deux, explique aux filles que c'est pour ne pas péter les plombs. Muriel et Louise les rejoignent dehors pour fumer et rigoler un peu. En salle, elles ont de la chance, c'est moins stressant. Mireille, la patronne, surveille tout ce qu'elles font, c'est agaçant, mais elle est assez sympa, alors ça va.

Pendant toute la matinée, Ludo et P'tit Lu sont restés dans l'appartement, à l'étage. Ils ont joué puis ils ont fait quelques devoirs, comme Mireille leur avait demandé. Vers midi, ils ont commencé à avoir faim. Ils ont dévalé l'escalier pour savoir qui arriverait le premier à la cuisine. C'est Ludo qui a gagné. Normal, c'est le plus grand. Mais en apercevant son père derrière les fourneaux, les joues en feu et la sueur lui dégoulinant dans le cou, il a stoppé net son cri de victoire. Et P'tit Lu, derrière lui, ses récriminations. Trop tard. Le vacarme de leur course les avait précédés. Roland, les yeux exorbités, s'est tourné vers eux en hurlant : Sortez d'ici ! C'est pas le moment de venir me déranger ! Ils ont fait demi-tour, en panique, ont traversé la grande salle au galop. Mireille a réussi à les arrêter. Elle a bien remarqué que P'tit Lu avait envie de pleurer, mais elle était pressée, alors elle a fait celle qui n'avait pas vu et elle leur a tendu les sandwichs en débitant sa liste de recommandations. D'abord, aller manger dehors, pour éviter de faire des taches, de mettre des miettes, de salir partout, faites attention, voyons ! Ensuite, oui, papa était un peu énervé, mais ils devaient comprendre que les banquets, ça lui faisait toujours cet effet. C'était beaucoup de pression, beaucoup de responsabilités. Donc, aujourd'hui, les enfants, il fallait être sages et se débrouiller tout seuls comme des grands. Il faisait beau, enfin, il ne pleuvait plus, quelle chance, ils allaient pouvoir en profiter pour jouer dehors tout l'après-midi. Compris ? Ensemble, ils ont hoché la tête et dit : Oui, m'man. Elle leur a tendu leurs manteaux puis a ouvert la porte pour qu'ils débarrassent le plancher, le plus rapidement possible, s'il vous plaît.

Ils ont mangé les sandwichs sur les marches du perron. Sans dire un mot. Et puis, ils ont réfléchi à la suite du programme : marelle, balle au bond, chat perché, un-deux-trois-soleil ? Ça ne les a pas franchement emballés. Ils sont donc allés chercher leurs vélos dans le garage. Mais comme ils n'ont le droit d'en faire que dans la cour derrière le restaurant, c'est pas très très marrant. Les parents disent toujours qu'il ne faut pas aller dans la rue, parce qu'ils sont encore trop petits et les voitures, c'est dangereux. Pour ce qui concerne P'tit Lu, Ludo est d'accord. C'est encore un bébé, il vient d'entrer au CP et il ne sait faire que du tricycle ! Mais pour lui, en CE2 et avec son super VTT, c'est vraiment ridicule.

Ils ont quand même fait la course, en tournant en rond pendant un quart d'heure, et puis ils ont arrêté. Et ils ont commencé à s'ennuyer sérieusement.

Mais pas trop longtemps, quand même. Parce que Ludo a eu l'idée. Il est allé chercher de la ficelle dans le garage, en a attaché un bout au porte-bagages de son vélo et l'autre au guidon du tricycle de P'tit Lu. Et, le corps penché en avant, le pied posé sur la pédale, il a attendu le bon moment pour démarrer.

Une demi-heure plus tard, ils n'ont parcouru que deux kilomètres.

Et ils sont déjà fatigués. Au début, ça allait. P'tit Lu aidait un peu Ludo en pédalant. Mais depuis un moment, il se laisse tirer, sans pédaler du tout. Il garde la tête constamment tournée vers l'arrière pour surveiller la route. C'est son travail de prévenir dès qu'il entend une voiture arriver dans leur dos. Alors il le fait très consciencieusement. Ludo, lui, s'occupe de celles qui arrivent en face, bien sûr. Quand il y en a une, ils se garent vite au bord de la route, couchent le vélo et le tricycle dans les hautes herbes et se cachent dans le fossé, en attendant que l'auto soit passée. Ils font ça pour éviter que quelqu'un les reconnaisse et aille prévenir les parents. Mais ça prend du temps, tous ces arrêts. En plus, aujourd'hui c'est samedi, jour de marché, il y a pas mal de circulation.

Après le tournant, P'tit Lu ne voit plus la route, mais il entend quelque chose approcher. Il crie à Ludo : Voiture ! Ils couchent les vélos dans l'herbe, s'accroupissent dans le fossé, tendent le cou pour regarder le véhicule passer. Mais ce n'est pas une voiture, cette fois. C'est la dame qui vend des légumes et du miel sur le marché. Ils ne connaissent personne d'autre qu'elle qui circule en charrette tirée par un âne.

Elle s'arrête à leur hauteur. Berthe, sa chienne, descend et vient les renifler.

— Vous cherchez des escargots, les enfants ?

— Non, non. On se repose, c'est tout.

— Ah, très bien. Et vous allez où, après ça ?

— Chez notre grand-père Ferdinand.

— Il va être un peu surpris de vous voir arriver, non ? Vous savez, il reste encore deux kilomètres.

— C'est pas grave.

— Ça vous plairait de faire le voyage en charrette ?

Ils aimeraient drôlement. Elle s'approche de l'âne.

— Très cher Cornélius. Serais-tu d'accord pour accompagner ces jeunes gens chez leur grand-père ?

P'tit Lu et Ludo rigolent, gênés. Marceline leur chuchote *Ce n'est pas sûr qu'il accepte, vous savez.* Elle fouille dans sa poche, leur glisse à chacun un bout de carotte. Ils tendent les mains. L'âne prend les morceaux très délicatement, les croque en secouant la tête.

— Ah ! Je suis contente que tu dises oui. Merci, Cornélius chéri.

Les enfants se regardent, bluffés. Ils ne savaient pas que les ânes comprenaient aussi bien tous les mots.

7

Les Lulus à la ferme

Ferdinand téléphone.

— Allô, Mireille ? Alors… est-ce que tu es sûre de n'avoir rien perdu aujourd'hui ? Non, ce n'est pas une devinette. Bon d'accord, je t'explique. Ludovic et Lucien viennent d'arriver à la ferme avec leurs vélos, ils vont bien et je pensais leur préparer des crêpes pour le goût…

Il écarte le téléphone le temps du cri. Puis…

En vélo, oui oui…

C'est la voisine, Mme Marceline, qui les a trouvés sur la route en revenant du marché…

Un peu fatigués, c'est tout…

Bien sûr que je leur ai passé un savon ! Et ils ont promis de ne plus recommencer.

Je peux les ramener après le goûter, mais…

Ça finit tard, les banquets, non ?…

Une heure du matin…

Deux heures ? Mes pauvres enfants, vous allez être crevés.

Si j'étais toi, je…

Mais c'est normal d'être énervée, Mireille. Je comprends.

Tu as raison, je pense aussi que c'est mieux.

D'accord, Mireille.

Ne t'inquiète pas, on va se débrouiller.

À demain, alors.

Oui, après déjeuner.

Bonne soirée.

Il a raccroché et les deux Lulus se sont jetés à son cou, ont sauté partout comme des cabris. Le petit Chamalo a eu très peur. Il est parti se cacher sous le lit. Ça leur a pris longtemps avant d'arriver à le faire sortir.

Et presque tout le restant de poulet rôti, aussi.

Ferdinand a dû changer le menu du dîner. Ils ont voté pour des spaghettis, à l'unanimité.

8

Les Lulus rient sous la couette

Ferdinand a installé les enfants dans le lit de la chambre à côté de la sienne. Avant, c'était celle d'Henriette. Mais il a tout changé, depuis : la literie, le papier peint et même la déco. Comme Roland adorait la collection de bibelots en porcelaine de sa mère, Ferdinand lui en a fait cadeau. À la place, il a mis les œuvres de Ludovic et de Lucien depuis la maternelle. Dessins, peintures, colliers de nouilles, sculptures en pâte à sel, rouleaux de papier toilette à têtes de Pères Noël, etc.

C'est bien plus joli.

Il a laissé la porte de communication entrouverte, au cas où les enfants se réveilleraient pendant la nuit.

Ludo, fatigué par le vélo, s'endort en premier. À côté de lui, P'tit Lu a les yeux grands ouverts. Il serre le petit Chamalo contre lui. Finalement, il donne un coup de coude dans les côtes de son frère, croit qu'il chuchote, mais en fait, parle haut.

— Tu dors ?

— Mmm.

— Tu sais, Ludo, je crois que je suis sûr que j'aime plus papa du tout. Et toi ?

— Ouais, moi aussi.

— Ah.

Après un silence, Ludo ajoute :

— Il est naze.

— C'est un gros mot, ça ?

— Oui.

— Ah.

P'tit Lu est ravi.

— Et ça veut dire quoi ?

— Qu'il est nul.

— Ah ben oui, c'est ça : papa est un gros naze !

Ils plongent sous la couette pour étouffer leurs rires. Et le petit Chamalo en profite pour s'enfuir.

De sa chambre, Ferdinand a tout entendu. Il n'ose pas intervenir.

D'un côté, il pense qu'il devrait. Mais de l'autre…

Il n'est pas censé avoir entendu, alors il sourit. Se dit que les enfants de nos jours sont terriblement impertinents. Mais il ne se souvient plus trop de ce qu'il pensait, lui, à leur âge. S'il arrivait à se rappeler, ce serait intéressant de comparer. Il essaye. Rien ne vient. Le petit Chamalo se love contre lui. Il finit par s'endormir, le ronron dans le creux de l'oreille. Ça n'incite pas vraiment à la réflexion.

9

Mireille en a assez

Les organisateurs du banquet ont donné la liste des convives volontaires pour rester sobres. Ceux qui raccompagneront leurs copains ou conjoints complètement bourrés à la fin de la soirée. Mais comme à chaque fois, il y en a qui n'ont pas résisté. Déjà deux chauffeurs en moins. Mireille les a repérés. Il est presque deux heures du matin, la soirée est loin d'être terminée et elle a très mal aux pieds. Elle imagine le moment où, faute d'effectifs, elle va devoir raccompagner elle-même les gens chez eux. La perspective ne la réjouit pas. Il y a toujours le risque de tomber sur le type désinhibé par tout l'alcool qu'il a bu, qui va essayer de l'embrasser, de lui peloter les seins d'une main, l'autre sur sa braguette, ou celui qui va vomir sur les sièges de la voiture. Non, pas excitant du tout. Elle regarde Roland. Lui non plus ne l'excite plus trop. Pour ne pas dire plus du tout. Il a terminé son travail en cuisine il y a une heure et il est allé directement s'asseoir à une des tables. Il boit beaucoup et rit très fort. Tout ce qu'elle déteste. Elle trouve que ça fait vulgaire et déplacé pour un patron de restau de se mêler à la clientèle. En fait, quoi qu'il fasse, elle a du mal à le supporter. Surtout depuis qu'il a grossi. Au début, elle pensait que c'était passager, qu'elle arriverait à dépasser son dégoût. Mais sa bedaine n'a fait qu'enfler. Juste avant d'accoucher de Ludovic, elle en avait une pareille. Ou c'était pour Lucien ? Les deux fois, ça avait été la même. Elle avait détesté ça. Pas son truc de se voir si déformée. Ça lui avait tué le désir et toute sa libido. Pendant des mois. Et même après, ça n'était jamais revenu comme avant.

Ce qui l'étonne, c'est d'être aussi jalouse, comme à l'époque où elle était encore amoureuse. Le coup d'embaucher des gars, et non pas des filles, pour aider Roland en cuisine, c'est son idée. Pour lui éviter d'être tenté. On ne sait jamais. C'est étroit, une cuisine, on se frôle. C'est bruyant aussi, on doit se comprendre avec les yeux, ça crée une complicité, forcément. En plus, il y a l'ambiance, la chaleur des fourneaux, le travail d'équipe, c'est terriblement exaltant. Tout peut arriver. Le chef cuisinier qui part avec la jeune commis de cuisine à la fin de la soirée, il n'y a pas que dans les romans ou dans les films que ça arrive ! Normal qu'elle flippe, Mireille. Il y a neuf ans, c'est comme ça que ça s'est passé pour elle. Elle avait fait un extra, un soir, dans un restaurant où travaillait Roland.

Elle sait comment ça marche. Elle a expérimenté.

En attendant, elle ne regrette pas d'avoir pris ces deux filles-là au service. Nickel. Elles sont toutes les deux élèves à l'école d'infirmières. Ça doit aider pour l'organisation et elles doivent sûrement aussi apprendre à garder leur sang-froid en toute situation. Le coup de la main aux fesses, chapeau ! C'est Louise qui l'a subie, mais c'est Muriel, la plus balaise, qui est allée régler la question. Elle s'est plantée devant le type, lui a balancé une grande claque dans la figure et lui a demandé avec le sourire si le service lui avait plu, si monsieur désirait autre chose. Les gens autour ont applaudi et la soirée a repris sans autre accroc. C'est rare.

Mireille s'ennuie. Elle va faire un tour en cuisine, histoire de vérifier que les garçons ont tout nettoyé et attaqué la vaisselle. Ce sera ça de moins à faire pour elle demain matin, dimanche. Elle pousse la porte. Kim et Adrien sont assis sur des cageots et boivent les fonds de verres. Ils ont dû commencer depuis un moment, ils sont pliés de rire. Quand ils voient Mireille entrer, ils ne se démontent pas et l'invitent à venir boire avec eux. Son premier réflexe, c'est de les engueuler. Mais il est deux heures du mat. Quinze heures de travail dans les pattes, alors quand même...

Elle retourne dans la salle, fait signe aux filles de la rejoindre en cuisine, prend une bouteille de champagne dans le frigo, fait péter le bouchon.

— Allez, il est tard et il pleut, je vais tous vous raccompagner chez vous. Merci. Vous avez assuré comme des bêtes.

Ils lèvent leurs verres.

— Santé !

Et les garçons trouvent ça trop marrant d'ajouter :

— Mais pas des pieds !

C'est comme ça. L'alcool, ça rend bête. En tout cas, c'est ce que pensent les trois filles à ce moment-là. Mais elles n'ont pas encore bu leur verre…

10

Fuites de toit

La tempête a commencé vers deux heures du matin. Des vents violents, des trombes d'eau. Impressionnant. Dans sa petite maison, Marceline n'a pas dormi. Elle a passé la nuit à déplacer les meubles, à mettre des bassines et des seaux sous les fuites et à courir dehors les vider. Épuisant.

Maintenant, elle va voir l'étendue des dégâts.

Elle prend l'échelle sous l'abri des poules, la traîne jusqu'à la maison, l'appuie sur la façade, recule pour vérifier qu'elle est au bon endroit, la déplace plusieurs fois. Vingt centimètres plus à droite, dix plus à gauche, s'assure qu'elle est bien calée. Tout ça en pataugeant dans la gadoue. Au moment de poser le pied sur le premier barreau, elle se dit qu'en jupe, ça ne va pas être pratique. Elle retourne à l'intérieur, prend un pantalon sur l'étagère et découvre à ce moment-là que tous ses vêtements sont trempés. Une fuite qu'elle n'avait pas remarquée. Pile au-dessus de l'armoire.

Devant l'échelle, elle hésite. Fredonne nerveusement, cherche le courage. Elle pose un pied, puis le second, s'arrête pour reprendre sa respiration, évite de regarder vers le sol. Elle n'en est pas encore à la moitié et déjà ses jambes flageolent. Le vide l'attire. Elle lève les yeux, voit les nuages qui s'amoncellent. La pluie ne va pas tarder à reprendre. Elle monte sans faire d'arrêt. Les yeux fermés. Arrivée en haut, elle les rouvre et découvre l'état de la toiture.

La pluie tombe, drue et froide. Marceline a enfilé son imperméable et bourré les poches de tous les sacs plastique qu'elle a pu trouver. Elle remonte sur l'échelle. Sans hésiter, cette fois. Elle tente désespérément de colmater les trous entre les tuiles avec les sacs roulés en boule. Consciente du dérisoire de cette réparation. Mais elle n'a pas trouvé d'autre solution pour l'instant.

Toute au sauvetage de sa maison, elle n'entend pas les aboiements de la chienne. Ni les appels des enfants.

— Ma-dame ! Madame Marceline !

Ludo et P'tit Lu crient son nom aussi fort qu'ils peuvent. Un peu plus loin, Ferdinand s'est arrêté et regarde le toit, constate, navré, l'étendue des dégâts. La chienne vient se coller contre ses jambes, glisse la tête sous sa main pour se faire caresser. Là-haut, Marceline n'a plus de sacs en plastique, elle commence à redescendre. Elle voit enfin les enfants au pied de l'échelle, leurs visages tendus vers elle, tout dégoulinants de pluie. Ils rient et dansent dans les flaques, les deux petits lutins dans leurs cirés beaucoup trop grands.

— On-a-des-carottes-pour-Cornélius-chéri et aussi-des-pommes…

Elle n'ose pas regarder vers Ferdinand. Pas tant à cause du vertige. Mais pour éviter de lire sur son visage toute sa consternation.

Et elle pense que c'est tant mieux si la pluie redouble maintenant. Personne ne verra ses larmes ni n'entendra ses sanglots.

Sous l'abri, Cornélius prend les carottes et les pommes que les enfants lui tendent, les mange en secouant la tête.

— Tu es content de nous voir, Cornélius ? Tu aimes les carottes, dis ? Et aussi les pommes ? On pourra remonter dans la charrette une autre fois ?

P'tit Lu est fier de prouver à Ferdinand que l'âne comprend tout.

— Alors, tu vois ? Tu nous croyais pas !

Ludo hoche la tête d'un air entendu en regardant les deux vieux. C'est comme pour le Père Noël. Il fait semblant, pour son petit frère. C'est le privilège d'être l'aîné. Ou l'inconvénient…

Ferdinand aide Marceline à mettre une bâche sur le toit. Quand ils ont terminé, il lui dit qu'il faut maintenant qu'elle téléphone au couvreur, lui demander de venir en urgence. Elle regarde ailleurs. Il n'insiste pas. Après un petit moment, il ajoute que si elle veut mettre des affaires à l'abri chez lui, en attendant, il n'y a aucun problème. Elle réfléchit, entre dans la maison, en ressort quelques minutes plus tard portant dans ses bras un objet volumineux emmailloté dans une couverture. Elle couche la chose délicatement à l'arrière de la voiture. Avec les mêmes gestes qu'elle aurait avec un bébé. Les enfants sont curieux. Elle leur dit que c'est un violoncelle. Il est fragile et n'aime pas l'humidité. Comme une personne, il pourrait s'enrhumer s'il restait trop longtemps sous les fuites. Alors, elle le leur confie, le temps de réparer sa maison.

11

Ferdinand ramène les enfants

Dans la voiture, P'tit Lu a demandé en chuchotant pourquoi elle était triste, la dame de l'âne. Et Ludo a répondu que c'était à cause de la tempête, le toit de sa maison s'était envolé, tellement il était pourri. Même que maintenant, c'était sûr, elle allait mourir de froid, Mme Marceline.

Ils sont restés silencieux le reste du trajet.

Une fois à la ferme, ils ont fait le tour des pièces vides pour trouver le meilleur endroit où ranger l'instrument. Ils avaient bien compris les consignes. Pas trop près d'une source de chaleur. Ni trop loin non plus. Tout en cherchant, les enfants ont demandé à Ferdinand pourquoi il n'invitait pas Marceline à venir habiter ici avec lui. C'était grand, il y avait plein de place et le toit ne fuyait pas comme chez elle. Il a répondu en riant qu'ils ne se connaissaient pas suffisamment pour qu'il puisse lui faire une telle proposition. Mais pourquoi ? Il a expliqué qu'en général, on ne partageait sa maison qu'avec des gens de sa famille, rarement avec des étrangers. Pourquoi ? Chez les autres, on ne se sentait jamais complètement bien, on n'avait pas les mêmes goûts ou les mêmes habitudes. Pourquoi ? Là, il a juste répondu : Parce que, c'est comme ça. Ludo a ronchonné : « Parce que », c'est pas une réponse. Et Ferdinand était bien d'accord avec lui, mais il n'avait pas d'autre argument à proposer, il a donc préféré arrêter là. Comme s'il avait quelque chose de plus important à faire que de réfléchir à des vétilles pareilles.

Ils ont fini par trouver l'endroit idéal, ont posé l'instrument encore emmailloté sur une table. Et puis, ils ont soulevé la couverture pour voir dessous, mais il y avait une housse, alors ils n'ont pas osé l'ouvrir. La prochaine fois, ils demanderont à Marceline d'en jouer pour eux, du gros violon, a dit P'tit Lu. Ça a fait sourire les deux autres.

Après déjeuner, Ferdinand a ramené les enfants chez eux.

Quand ils sont arrivés, Mireille était en train de passer la serpillière dans la cuisine du restaurant. Elle leur a crié de ne pas marcher où elle avait lavé et ils ont dû attendre qu'elle ait fini avant de pouvoir aller l'embrasser. Ensuite, elle les a prévenus que Roland dormait encore. Ils n'allaient donc pas pouvoir monter jouer dans leur chambre avant un bon moment. Ce qui a énervé Ferdinand, mais il n'a rien laissé paraître, juste grogné entre ses dents *Quel con, çui-là*. Et Mireille a fait celle qui n'avait pas entendu. Elle lui a proposé un café. Il a regardé dehors. Le vent s'était remis à souffler et la pluie à tomber méchamment. Il a refusé, en disant qu'il était pressé. Et après avoir embrassé Ludo et P'tit Lu, il est parti.

Aussitôt la porte refermée, Mireille s'est tournée vers Ludo.

— Il faut qu'on parle, tous les deux.

Le coup de partir à vélo sur la route en traînant le petit Lucien derrière, il savait qu'il aurait à le payer à un moment ou à un autre. Normal, c'était son idée et c'était lui le grand. Mais avant qu'elle ait le temps de démarrer, il a demandé, l'air candide :

— Au fait, m'man, il y aura un autre banquet la semaine prochaine ?

— Non, pourquoi ?

— Comme ça, pour savoir.

P'tit Lu, lui, ne s'est pas gêné pour formuler plus clairement sa déception.

— Mince. Trop dommage.

Ce qui a énervé Mireille encore un peu plus.

Et Ludo a eu droit à la grosse engueulade.

12

Ludo préfère se faire engueuler par Mireille

Alors moi je trouve que, même si c'est long et même si elle arrive à être méchante avec ses mots – elle est un peu sévère, ma mère –, eh ben, c'est quand même mieux quand c'est elle et pas Roland qui nous engueule. Lui, il veut à chaque fois donner des claques ou des fessées. J'aime pas la tête qu'il fait quand il s'énerve, avec ses yeux de merlan frit. Il rougit d'un coup et sa voix devient pointue comme celle d'une dame quand il crie. Dès qu'il démarre, il faut se débrouiller pour se mettre près de la porte, comme ça, s'il lève la main, on peut s'échapper. Il nous court jamais après dans l'escalier, surtout depuis qu'il est devenu trop gros, ça le fatigue et il se met à respirer très fort, comme un taureau. Il va mourir un jour d'une crise cardiaque, je pense. De toute façon, s'il essayait de nous attraper, Mireille l'empêcherait, c'est sûr. Il n'ose pas lever la main sur elle, il a trop peur qu'elle s'en aille et qu'elle revienne plus jamais. Mais il dit quand même à chaque fois que pour l'éducation, c'était sa mère à lui qui avait raison. Elle s'appelait Henriette, sa mère, c'est un drôle de nom. Maman, elle lui explique qu'elle déteste les gens qui tapent les enfants. Elle trouve ça horrible, ça lui rappelle ses parents. Ils la tapaient tout le temps quand elle était petite. Même qu'un jour y a des policiers qui sont venus la prendre et ils l'ont emmenée habiter chez tonton Guy et tata Gaby. Eux, ils étaient gentils avec elle. Ils n'avaient pas d'enfants, du coup, ils l'ont vachement gâtée. Elle dit à tout le monde que c'est eux ses vrais parents, même si c'est pas vrai.

Quand c'est maman qui nous engueule, c'est pas compliqué. Il faut juste faire comme si on est d'accord avec tout ce qu'elle dit, même si ça dure des heures et à la fin, on doit pleurer avec des vraies larmes, lui sauter dans les bras en disant qu'on a compris, qu'on ne le refera plus et hop, c'est fini. Après, exceptionnellement, on a droit à un verre de Coca et à un paquet de chips avant le dîner. Une fois, P'tit Lu a réussi à avoir des esquimaux en plus de tout le reste. Elle était trop énervée contre Roland et elle lui a crié dans les oreilles que c'était sa faute si elle avait eu des enfants et que, à cause de ça, sa poitrine était devenue moche et tout abîmée. Si elle était restée toute seule, elle en aurait pas eu et elle serait encore jolie. P'tit Lu était devant la porte, il a tout entendu et il s'est mis à pleurer comme un bébé. Quand elle l'a vu, elle aussi elle a pleuré, encore plus fort que lui. Et puis elle l'a pris dans ses bras et elle a dit que c'était pas vrai. Qu'elle ne pensait pas du tout ce qu'elle avait dit. Que c'était juste pour embêter papa.

Ça, c'est possible.

Mais pour ses poitrines, je trouve qu'elle a raison. Elles pendent un peu, quand même.

En tout cas, cette fois-là, on a eu droit à des esquimaux, P'tit Lu et moi.

Et franchement, j'adore ça.

13

Le doute assaille Ferdinand

En passant devant le chemin qui mène chez Marceline, Ferdinand a ralenti. Mais il ne s'est pas arrêté. Il s'est dit qu'à force, elle allait peut-être mal prendre toutes ses visites d'affilée. Elle pourrait même imaginer qu'il veuille se mêler de ses affaires. Pas son genre du tout. Il est donc rentré chez lui. La pluie tombait très dru, ça ne lui a pas donné envie de faire grand-chose, à part s'asseoir près du poêle et boire un petit vin chaud. Il a bien pensé allumer la télé, mais avant de le faire, il a jeté un œil sur le programme et ça l'a découragé. Que des séries sans intérêt, il allait devoir trouver autre chose pour s'occuper l'esprit. Il est monté à l'étage. À la vue des jouets qui traînaient par terre et du lit défait dans lequel les enfants avaient dormi, il a eu un petit pincement au cœur. Ils étaient certainement en ce moment même en train de se faire enguirlander par leur mère. Normal, pourvu qu'elle ne soit pas trop sévère avec eux, c'est tout ce qu'il pouvait espérer. Il a tout rangé et fait le lit. Puis il s'est mis à la recherche du petit Chamalo mais ne l'a pas trouvé. Il avait dû sortir faire un tour. Vu ce qu'il tombait, il ne risquait pas de rentrer de sitôt. Il n'aimait pas l'eau, ce minet.

En redescendant, il a fait un crochet par la pièce où est rangé le violoncelle, a soulevé la couverture qui l'emmaillotait, et comme les enfants un peu plus tôt, n'a pas osé ouvrir la housse pour voir dessous.

Enfin, dans la cuisine, il s'est mis à tourner en rond.

Avec, en tête, les dégâts causés par la tempête chez sa voisine, les trous dans la toiture, les fuites dans le plafond, le froid et l'humidité qui avaient envahi sa maison. Ça lui a donné le frisson rien que d'y penser. Il a bien essayé de s'intéresser à autre chose : écouter la radio, faire des mots croisés, feuilleter un catalogue. Mais sans cesse, il y était ramené. S'il se mettait à réfléchir à la définition d'un mot, fatalement, il levait les yeux au plafond, et revoyait les fuites. Écouter la radio, c'était pire. On n'y parlait que du taux record de pluie pour la saison et des températures qui baissaient. Impossible d'y échapper.

Il s'est donc plongé dans la lecture de son catalogue de bricolage. Les dernières pages, ses préférées, sont réservées aux inventions. Du genre concours Lépine mais en moins glamour. Le ramasse-miettes sélectif, la canne gigogne attrape-bocaux, le remonte-chaussettes sans se baisser ou le pèle-légumes pour gaucher. Il serait bien tenté par l'éponge magique qui nettoie tout du sol au plafond sans frotter, tout ça pour une somme très modique. Mais il a peur d'être déçu. Autant continuer de rêver que ça puisse marcher. Donc, le mieux, c'est de remplir soigneusement le bon de commande et de ne jamais l'envoyer. Et c'est ce qu'il a fait encore cette fois.

En fin de journée, il a réchauffé les restes de spaghetti de la veille, a regardé les infos à la télé et, après avoir zappé un moment, est tombé sur un western. Sauf que pour une fois, il n'a pas apprécié. La fille était belle, mais après trois jours de chevauchée dans le désert, poursuivie par des méchants, sans boire ni manger ni se laver, elle donnait toujours l'impression de sortir de chez le coiffeur, son maquillage était impeccable et ses vêtements à peine froissés. En général, ça ne le dérangeait pas, mais là, il a trouvé ça trop.

Il a éteint la télé, a regardé par la fenêtre la pluie tomber.

Le chat n'était pas rentré, il se sentait seul et déprimé, il est allé se coucher.

Mais il n'a pas fermé l'œil.

Le cerveau en ébullition et les émotions emmêlées. Tristesse, honte, colère, culpabilité… Il s'en est voulu, a détesté sa froideur, son manque d'humanité, s'est trouvé des excuses, mais ne les a pas aimées. Alors, même après que son chat fut revenu et malgré son ronron dans le creux de l'oreille qui lui faisait habituellement l'effet d'un puissant somnifère, il a réfléchi sérieusement. S'est posé toutes les questions : si, où, quoi, comment, sans oublier pourquoi. Et les réponses lui ont paru évidentes. Mais c'était trop simple, donc il a commencé à douter. Fatigué par tous ces allers-retours, il a trouvé une solution : le lendemain, il demanderait l'avis de Guy et Gaby, ses meilleurs amis, c'était plus raisonnable. Juste avant de se laisser glisser dans le sommeil, par habitude, il s'est demandé ce que feue son Henriette aurait pensé de cette histoire. Et c'est là que tout lui est apparu très clairement. Il était cinq heures et demie du matin. Il lui restait encore pas mal de choses à faire et des tas d'émotions à trier. Mais surtout, il devait peaufiner son idée. Sans déranger Chamalo, il s'est levé, s'est préparé un café et a gambergé en attendant qu'il soit une heure décente pour y aller.

14

Ferdinand répète son texte

Devant la porte de chez Marceline, il n'ose pas frapper. Il répète dans sa tête ce qu'il va dire. Trouver le bon ton. Les mots justes. C'est coton. Alors... Bonjour, madame Marceline. C'est encore moi, Ferdinand. Je suis revenu pour vous dire que j'ai réfléchi toute la nuit, j'ai tourné les choses dans tous les sens, pesé, décortiqué, trituré tout, et franchement, je le dis sans prendre de gants, vous ne pouvez plus rester dans cette maison. Dans l'état où elle est, c'est dangereux. Les poutres sont trop abîmées, la toiture risque de s'effondrer à tout moment. Il faut que vous partiez d'ici, c'est urgent. Comme vous le savez, je vis seul dans la ferme à côté depuis que mes petits sont partis, ça va faire bientôt deux mois. Il y a plusieurs pièces vides, des entrées indépendantes, tout le confort moderne. Ça ne fait pas si longtemps, nous vivions à trois familles là-dedans, vous savez, trois générations. Sans se marcher sur les pieds. Alors, voilà. C'est simple, vous pourriez vous installer dès aujourd'hui, rester jusqu'à la fin des travaux, tout l'hiver et un bout de printemps, a priori. Et puis, si vous voulez, il y a de la place dans l'étable pour votre âne, un poulailler pour vos poules et aussi…

Il frappe.

La chienne aboie et au fond, à peine audible, la voix de Marceline qui dit d'entrer.

Elle est assise sur une chaise, hébétée et tremblante, son chat, le poil tout collé, couché en boule sur ses genoux.

— Il est revenu. Je crois qu'il est blessé.

— Vous voulez que je regarde ?

— Oui, s'il vous plaît.

Ferdinand tâte le chat. La chienne, inquiète, essaye de l'en empêcher, glisse son museau sous sa main pour l'écarter, l'implore en geignant d'arrêter. Il la caresse. Et sur un ton rassurant, il dit qu'il semble ne rien y avoir de cassé, mais qu'il a dû se battre comme un chiffonnier, ce matou, il a des croûtes partout. Dans deux-trois jours il sera sur pied, vous en faites pas. Les chats ont la peau dure. Marceline soupire. Se mord les lèvres pour s'empêcher de pleurer.

Un temps. Puis Ferdinand l'aide à se lever de la chaise, lui pose son imperméable sur les épaules.

— Allez, faut pas rester là, madame Marceline.

Il prend le chat dans ses bras, sort en premier de la maison, elle le suit. La chienne aussi.

15

L'invitation

Marceline dort dans le fauteuil, son chat en boule sur les genoux et la chienne couchée à ses pieds. Ni elle ni eux ne tremblent plus du tout. Ferdinand en profite pour retourner dans la petite maison, sauver ce qui craint le plus l'eau et recouvrir le reste de bâches. Quand il revient, Marceline dort encore. Il met à sécher les vêtements qu'il a pris dans l'armoire. Et repart avec la chienne, cette fois, pour donner à manger à l'âne et aux poules.

La nuit tombe. Il rentre, rajoute du bois dans le poêle, met la soupe à chauffer. Le petit Chamalo, croyant l'heure du dîner arrivée, déboule. Tombe nez à nez avec la chienne, s'électrise d'un coup. Ses poils se hérissent, ses pupilles se dilatent, il fait le gros dos, saute en crachant comme un possédé et finit par partir au galop se cacher. Au bout d'un moment, la curiosité l'emporte. Il revient voir les nouveaux. Le vieux matou dort, pas de danger de ce côté-là pour l'instant. En revanche, la chienne le regarde, les oreilles couchées et en remuant la queue ! Qu'est-ce que ça veut dire ? Lui, quand il fait ça, c'est qu'il est très énervé. Pourtant, là, elle a l'air d'être contente. On dirait même qu'elle voudrait jouer. C'est la première fois qu'il rencontre un chien. Normal qu'il hésite sur l'attitude à adopter.

Ferdinand les laisse se débrouiller. Il va chercher une bouteille de vin dans le cellier, dresse la table, grignote un quignon de pain pour tromper sa faim. La soupe chauffe toujours sur le coin du poêle. En passant, il soulève le couvercle pour voir où elle en est. Il goûte. La trouve trop épaisse, rajoute de l'eau. Touille. Regarde l'heure. Plus de trois heures que Marceline et son chat dorment dans la même position. Ça devient inquiétant. Il s'approche, se penche pour écouter leurs deux respirations. Elle ronfle très légèrement, le chat aussi. Il est rassuré. Juste à cette seconde, elle ouvre les yeux, le voit penché au-dessus d'elle, pousse un cri. Ferdinand et le matou sursautent, la chienne aboie, le chaton fuit.

Elle regarde autour d'elle, complètement désorientée.

— Il s'est passé… je ne sais plus…

— La tempête ? Le toit ?

— Il s'est effondré, c'est ça ?

— Non, non, que des fuites. Mais très très grosses.

Elle se lève, le vieux chat dans les bras.

— Cornélius !

— Je suis allé lui donner à manger. Et à vos poules aussi. Tout va bien.

— Vous êtes sûr que…

— Oui, oui.

Il sert une assiette de soupe, l'invite à s'asseoir, pose l'assiette devant elle. Lui propose un verre de vin. Elle n'ose pas refuser. Après deux gorgées, elle a le rose aux joues et arrive presque à sourire. Ils parlent de choses et d'autres, de rien en particulier, ça la repose de ne pas trop réfléchir pour l'instant.

À la fin du repas, elle le remercie pour toute son aide, sa gentillesse, d'avoir pensé à nourrir son âne et ses poules pendant qu'elle dormait, quelle délicate attention, et puis cette invitation à dîner, elle se sent beaucoup mieux maintenant, mais il est tard et elle doit vraiment rentrer. Elle se lève, enfile son imperméable, rassemble ses affaires qu'il a mises à sécher tout à l'heure. Ferdinand est navré. Il espérait réussir à lui faire comprendre son idée sans avoir à parler. C'est raté. Il va devoir s'exprimer, maintenant, chercher les bons mots. Pour gagner du temps, il lui demande si, avant de partir, elle veut bien visiter la maison. Elle dit oui, par politesse. Ils passent à travers les pièces restées vides depuis le déménagement de son fils, sa belle-fille et ses petits-enfants. Ensuite ils montent à l'étage. Il cherche encore l'inspiration. Finalement, il se lance dans une introduction vaseuse et tarabiscotée où il parle d'une idée, mais qui n'est pas complètement la sienne, parce qu'en fait, c'est amusant, mais ce sont les petits qui l'ont eue en premier, bref – et là, il fonce – puisque sa maison n'est plus habitable pour l'instant et vu la place qu'il y a dans celle-ci, cela lui paraît normal de proposer, et, bien sûr, il serait très heureux qu'elle accepte, de venir s'installer ici. Ils ont l'esprit logique, mes petits Lulus, vous ne trouvez pas ? Alors tenez, justement, voici la chambre dans laquelle vous allez dormir cette nuit. Le lit est fait. Il n'y a plus qu'à vous coucher. Demain vous serez plus reposée et vous pourrez réfléchir tranquillement à la façon de vous organiser. Bonne nuit, madame Marceline. Ah, une dernière chose. Le matin, vous préférez boire du thé ou du café ?

— Du thé.

— Ça tombe bien, j'en ai.

En passant, il caresse la tête de la chienne, referme la porte derrière lui. Il est content, il a réussi à tout dire, et l'impression d'avoir été convaincant. Ça n'était pas si difficile. Enfin, il verra ce qu'elle aura décidé demain.

Elle, elle reste un long moment sans bouger, toujours avec son imperméable sur le dos, le chat dans les bras et la chienne à ses pieds. Le cerveau comme court-circuité.

— Eh bien, mais… oui alors, bonne nuit…

16

Du thé au petit déjeuner

— Deux petites cuillères ? D'accord. Et une fois versée l'eau bouillante, je laisse combien de temps ? Comment ça, ça dépend ? Donc, pour un moyennement fort, il faut compter cinq minutes ? OK, OK. Bon ben, merci pour le renseignement. Et Gaby, alors, ça va mieux sa grippe ?… Ah merde… Mais alors… Je savais pas, Mireille m'a rien dit… Tu préfères que je lui en parle, moi ? D'accord. Ah ben, mon pauv' vieux. Dis, si t'as besoin de quoi que ce soit, t'hésites pas à appeler, hein ? T'entends, Guy ? T'appelles. Même au milieu de la nuit. Sinon, ça sert à quoi, les amis. Embrasse-la bien pour moi. Je passe vous voir tantôt. Demain, c'est mieux ? OK, Guy. À demain, mon gars.

Ferdinand regarde l'horloge. Il est sept heures. Le jour n'est pas encore levé. Il fouille dans le buffet, finit par trouver ce qu'il cherchait : une grosse théière et une tasse avec sa soucoupe assortie. C'est Henriette qui avait gagné ça à un loto. Ou à un rifle, peut-être.

De toute façon, elle les faisait tous. Elle avait dû encore une fois viser le gros lot : la centrale vapeur, mais elle a eu le service à thé. Il n'a jamais servi, elle n'aimait pas le thé. Elle, c'était le café à la chicorée. Il passe la tasse sous l'eau du robinet, l'essuie, pose le tout sur la table à côté de la boîte à thé en métal doré. Ça va, ça ne rend pas trop mal.

La bouilloire se met à siffler.

Il verse l'eau par petites touches dans le porte-filtre à café. Repense à la conversation. La nouvelle de Gaby. Brutale. Pute borgne, c'est dégueulasse. Et puis, le Guy qui va se retrouver tout seul. Pas sûr qu'il supporte. Ils n'ont jamais été séparés. Et là, paf... Ferdinand a beau chercher, il n'en connaît pas d'autres qui se soient autant aimés que ces deux-là. Ça l'émeut, cette pensée. Pas qu'il soit jaloux. Lui, il n'aurait pas supporté d'être collé à ce point. Juste que ça puisse exister, c'est tout.

Le bruit d'une cavalcade dans l'escalier coupe le fil de ses pensées. Berthe arrive, vient se coller contre ses jambes en battant de la queue et la langue pendante, suivie de près par le petit Chamalo. Ferdinand le soulève d'une main, le serre contre lui, de l'autre caresse la tête de la chienne. Ça a l'air de coller entre eux, c'est déjà bien.

Il pose la théière devant Marceline, se sert un bol de café. Ils boivent en silence. Enfin, il lui demande comment s'est passée la nuit. Très bien, merci. Le vieux matou, va-t-il mieux. Il dort depuis hier, mais il n'a rien mangé du tout. C'est normal, il récupère. Pourvu que ce soit ça. A-t-elle commencé à réfléchir à… Un peu. Il laisse passer un temps. Elle ne saute pas sur l'occasion pour lui faire part de sa décision, il se dit qu'il doit lui laisser le choix du moment, enchaîne avec une autre question. Gabrielle, elle la connaît, n'est-ce pas. Qui. La femme de Guy, un couple de vieux paysans comme lui. Gaby, mais oui, bien sûr, elles sont amies, elles vont toujours ensemble à la bibliothèque, mais ça fait quinze jours qu'elle n'a pas… Elle ne va plus pouvoir y aller. Pourquoi. Elle plie les gaules. Cette expression, elle a du mal à comprendre. Elle rend son tablier. Est-ce que ça veut dire que… Oui, elle n'en a plus pour longtemps. Oh.

— Je vais demain la voir. Est-ce que vous…

— Oui, s'il vous plaît.

— Ça lui fera plaisir.

17

Marceline ne comprend pas

Après le petit déjeuner, Marceline a enfilé son imperméable et ses bottes et elle est partie avec la chienne. Toutes les deux pressées de retrouver leur maison. De loin, elles ont entendu Cornélius braire. À peine étaient-elles arrivées à l'entrée du petit chemin qui mène à la cour, qu'il les a rejointes au petit trot. Il avait réussi à ouvrir la barrière de son enclos, comme d'habitude, était allé faire un tour au potager à la recherche de quelque chose à manger et, n'ayant rien trouvé, était revenu se plaindre bruyamment dans la cour. Marceline l'a caressé longuement, lui a murmuré des mots doux dans le creux de l'oreille, l'a un peu grondé aussi, après avoir constaté qu'il avait piétiné les choux pendant sa promenade. Puis elle s'est approchée de la maison. A poussé la porte lentement. La bâche sur le toit n'avait pas tenu. À moitié arrachée, elle battait contre le mur, au gré du vent. Cinq centimètres d'eau recouvraient le sol. Lugubre.

Une heure plus tard, il se remet à pleuvoir.

Ferdinand fait la vaisselle du petit déjeuner, entend aboyer, va ouvrir. Se fait éclabousser de la tête aux pieds par Berthe qui se secoue les poils avec application sur le pas de la porte. Elle est contente de le voir, se colle à sa jambe, finit de le mouiller complètement et après avoir reçu sa dose de caresses court s'allonger près du poêle.

Marceline traverse la cour. Elle porte deux grands vases serrés dans ses bras. Le vent a rabattu sa capuche, ses cheveux sont trempés, l'eau dégouline sur son visage.

Elle se plante devant lui, le regarde droit dans les yeux.

— Je n'ai pas de quoi payer un loyer et vous le savez parfaitement.

— Je ne vous ai rien demandé.

— Alors pourquoi ?

— C'est normal.

— Qu'est-ce qui est normal ?

— De s'entraider.

— Je ne comprends pas. Nous ne nous sommes pratiquement jamais parlé, encore moins serré la main, tout juste si vous saviez que j'existe, et là, d'un coup, vous proposez de…

— Je sais. Mais ne vous cassez pas la tête avec ça, madame Marceline. Entrez.

Il s'écarte de la porte pour la laisser passer. Elle hésite, finit par s'avancer. Il veut l'aider à porter ses vases. Elle s'écarte brusquement, les serre contre elle et monte à l'étage en courant.

Quand elle redescend, elle a un pauvre sourire, comme si elle voulait s'excuser de sa réaction. Il lui dit de ne pas s'inquiéter, on a tous nos petites lubies, c'est pas grave, vous savez. Et elle répond qu'un jour – mais pas tout de suite, parce que là, elle se mettrait forcément à pleurer, elle est tellement à vif – elle lui expliquera pourquoi ses vases, elle préfère les porter seule. Ça tient en deux mots. Ce ne sera pas long.

18

Déménagement, emménagement

Ferdinand a attelé la remorque au tracteur, et Marceline, la charrette à son âne. Ils ont chargé toutes ses affaires en moins d'une heure. Ce qui leur a pris le plus de temps, ça a été l'armoire. Ils l'ont couchée, l'ont fait glisser jusqu'à la porte, et là, elle est restée coincée. Ferdinand a poussé, a tiré, a soufflé comme un beau diable pour essayer de la faire bouger, rien n'y a fait. Au bout d'un moment, Marceline s'est mise à rire. Il s'est inquiété, s'imaginant qu'elle était en train de craquer. Mais très vite, il a compris que c'était la situation qui l'amusait. Ça l'a épaté. Parce que de pouvoir encore rire, avec tout ce qu'elle endurait, c'était... étonnant. En tout cas, ça l'a étonné ! Il s'est remis à pousser l'armoire. Elle a résisté. Et Marceline a décidé que finalement c'était aussi bien de la laisser là. Pour si peu de temps, ça ne valait pas la peine de s'échiner, elle n'avait pas tant d'affaires que ça à ranger. Elle pouvait vivre sans.

En rentrant à la ferme, ils ont entassé ses affaires dans la pièce que les enfants avaient choisie pour son violoncelle. Au rez-de-chaussée, pas très loin de la cuisine. Une petite pièce, très claire. Pas du tout comme chez elle.

Elle s'est décidée pour celle-ci à cause de la fenêtre qui donne sur l'écurie où Cornélius est installé. Ça le rassurera de la voir, et elle, elle pourra le surveiller. À peine arrivé, il s'est mis à étudier le verrou qui ferme la porte de son box. Il ne va pas tarder à savoir l'ouvrir. Deux ou trois jours maximum. Le problème, c'est ce qu'il fera ensuite, une fois dehors. C'est un âne qui aime se promener à son gré, visiter les alentours, surtout les jardins potagers. Ferdinand risque de ne pas apprécier de retrouver des traces de sabots au milieu de ses plantations. Il n'y a qu'elle qui arrive à trouver ça drôle. Et encore, pas toujours…

Elle finit de ranger ses affaires. Un bruit la fait se retourner, elle sursaute. Les naseaux écrasés contre la vitre, Cornélius la regarde, l'œil torve.

Il ne lui reste plus qu'à mettre des rideaux à la fenêtre, maintenant, si elle veut avoir un peu d'intimité.

19

Guy et Gaby

Guy coiffe les cheveux de Gaby. Ils sont si fins, si fragiles, il a peur de les abîmer, les effleure à peine avec la brosse, juste assez pour les lisser. Quand ils sont bien en place, il demande si elle veut mettre une barrette pour retenir sa mèche. Elle veut bien. Il cherche sa préférée, celle avec la grande fleur blanche. Un camélia, c'est ça ? Elle rouspète. Mille fois qu'elle lui répète : gar-dé-nia. Il n'arrive pas à s'en rappeler. Voilà, elle est prête. Il lui sourit. Elle voit dans ses yeux qu'il la trouve belle. Depuis son retour, il ne lui apporte plus son miroir, prend un air vague, dit qu'il l'a égaré à chaque fois qu'elle le réclame. Elle pense qu'il l'a cassé et ne veut pas l'avouer. Comme un petit garçon qui a peur de se faire gronder, il ment. Un peu. Pas trop. Enfin, juste assez. Pour le miroir, ça ne la gênerait pas d'apprendre qu'il est en mille morceaux, au contraire. Depuis quelque temps, ça ne lui plaît plus de se regarder dedans. Il a dû prendre l'eau, ou le fond s'est gondolé, en tout cas, elle ne se reconnaît pas dans son reflet. Dans les yeux de Guy, au moins, elle est toujours Gaby. Il ne s'arrête pas à la surface. Comme ce miroir de pacotille. Il plonge la chercher là où elle se cache, l'éclaire de son amour.

Avec lui à ses côtés, elle sait que le moment venu, elle n'aura pas peur.

Guy a sorti les petits gâteaux et préparé du thé et du café pour les invités.

Avec Ferdinand, ils sortent faire un tour au jardin, fumer une pipe, pendant que Marceline masse les jambes de Gaby. Ça lui fait du bien. Depuis quinze jours qu'elle est allongée sans pouvoir se lever, elle commençait à ne plus sentir son sang circuler. Là, ça revient. Et puis, elle a moins froid. Elle a envie de parler, demande à Marceline de s'approcher. Ça lui évite de forcer la voix. Malgré la maigreur, l'épuisement et sa difficulté à respirer, elle a toujours dans le coin des yeux des petits éclairs de gaieté. Elle demande des nouvelles de Cornélius, qu'est-ce qu'il a encore inventé, ton âne, pour te faire sourire. Marceline lui raconte le verrou de l'enclos qu'il a appris à ouvrir, son tour du potager et les choux piétinés pour la punir de l'avoir laissé seul toute une nuit. Sacré bestiau, tout de même, celui-là. Son sourire s'efface. Alors, tu vois, ma petite Marceline, je suis sur le départ. Oui, Gaby, je vois. Je ne croyais pas que ça arriverait si tôt, il y a des choses qui me manquent déjà. Lesquelles ? Dis-moi. J'aurais aimé vivre une dernière fois le printemps, les bourgeons dans les arbres, l'aubépine, le parfum du lilas, le son des abeilles qui butinent… Et quoi d'autre ? T'entendre jouer du violoncelle, aussi. Oh Gaby, je t'en prie…

Tu te rappelles le CD que tu m'avais fait écouter une fois ? C'était beau cette musique-là. Mais Gaby, tu sais bien, je ne peux pas… Tant pis. J'aurais aimé, c'est tout. Allez, va vite chercher Ferdinand, maintenant. Je vais être trop fatiguée pour lui parler, sinon.

Ferdinand vient s'asseoir près du lit.

Toujours aussi coquette, ma petite Gaby, avec ta barrette et ton camélia. Elle grogne : gar-dé-nia. Ah oui, c'est bizarre, je ne m'en rappelle jamais de ce nom-là.

Elle lui fait signe de se pencher plus prêt, chuchote à son oreille. Lui dit que quand elle sera partie, il faudra qu'il veille sur Guy. Parce qu'au début, il aura peut-être du mal sans elle. Il devra lui rappeler les choses à faire, ses responsabilités. Mireille et les deux petits, ils vont avoir besoin de lui. Elle a peur qu'il oublie. Et puis si jamais il lui prenait l'envie de la rejoindre, ce serait bien de lui dire qu'ils auront tout le temps de se retrouver. L'éternité, peut-être ? Elle regarde Ferdinand, espère sa réponse. Il est ému, l'embrasse sur le front. Bien sûr qu'il lui dira tout ça. Et il lui filera des coups de pied au cul, s'il file pas droit, son gars. Elle peut compter sur lui. Gaby sourit, ferme les yeux, épuisée d'avoir parlé si longtemps. Bon, elle va pouvoir dormir tranquille, maintenant.

20

Gaby sent la violette

Quand Mireille a su pour Gaby, elle a voulu la ramener à l'hôpital. Quelqu'un avait forcément fait une erreur, s'était trompé de dossier, ce n'était qu'une grosse grippe au départ, non ? Pourquoi est-ce que personne ne voulait l'écouter ? Et puis, elle a compris, ce n'était pas une erreur, Gaby allait vraiment mourir. Elle s'est sentie trahie. Pour la deuxième fois de sa vie, une mère allait l'abandonner, elle ne pourrait jamais le pardonner. Pendant deux jours, elle n'est pas venue la voir. Le troisième, Guy est allé la chercher. Ils ont beaucoup pleuré. À la fin, ils se sont regardés, se sont serrés dans les bras. Ils partageaient la même peine. Ensemble, ils allaient faire en sorte de se tenir debout.

Le lendemain, Marceline a téléphoné. Elle allait passer en fin de matinée. Gaby était déjà très affaiblie, mais elle a demandé à Guy de la préparer spécialement pour l'occasion. Elle a choisi sa robe noire avec la dentelle autour du cou. Ensuite, elle a voulu être coiffée. Il a effleuré ses cheveux avec la brosse et, pour empêcher sa mèche de tomber, lui a mis sa barrette. Celle avec le gardénia. Pour finir, elle a réclamé une goutte de parfum dans le creux de l'oreille. Celui à la violette, une petite touche de printemps. Voilà, elle était prête. Et Marceline est arrivée. En ouvrant la housse du violoncelle, ses mains se sont mises à trembler. Elle s'est assise près du lit, a fermé les yeux avant de commencer. Au moment de lever l'archet, c'était fini, elle ne tremblait plus du tout. Elle a joué le morceau qu'elle lui avait fait écouter un jour sur un CD. Et Gaby a trouvé ça encore plus beau en vrai. Quand ça a été terminé, elle a joint les mains pour applaudir mais n'a pas eu la force de les claquer. Elle lui a fait signe d'approcher, l'a embrassée sur la joue et Marceline l'a remerciée. Gaby a râlé : Ah non, c'est moi qui dis merci maintenant. C'est la première fois qu'on me fait un concert. Et, crotte de bique ! j'aurais détesté rater une chose pareille.

Comme des petites filles, elles ont pouffé de rire, serrées l'une contre l'autre. Et Marceline a chuchoté : *Là où tu vas, tu rencontreras peut-être mes filles… Oui, je les embrasserai pour toi, je te le promets.*

Trois jours après, Gaby est morte.

Guy était à ses côtés. Il lui a tenu la main et elle n'a pas eu peur.

21

La lettre de Ludo (sans les fautes d'orthographe)

Chère tata Gaby,

J'espère que tu vas bien et qu'il fait plus chaud là où tu es que chez nous. Il a gelé cette nuit et tonton Guy a dû rentrer ton citronnier, sinon il aurait sûrement crevé dehors. Tu vois le genre de temps qu'on a ici. C'est devenu l'hiver.

Je t'écris cette lettre parce qu'il y a des choses que je voulais te dire et j'ai pas eu le temps avant.

J'ai cassé la lampe avec le manège qui tourne que tu m'avais donnée pour mon anniversaire. Mais j'ai pas fait exprès. Elle était trop au bord de la table et le fil s'est accroché à mon pied. Après, Roland a voulu me filer une tarte, comme d'habitude, mais maman l'a empêché. J'en ai vraiment marre de mon père, tu sais.

Je me demande quand est-ce qu'ils vont divorcer. Maman elle s'énerve tout le temps contre lui et même une fois elle l'a traité de pauv' con. Je sais que je ne devrais pas te raconter ça, parce que c'est quand même un peu ta fille et tu pourrais être triste de savoir qu'elle parle avec des mots vulgaires. Mais si jamais tu crois que tu l'as mal élevée, moi je peux te jurer que c'est pas vrai, tu l'as très bien réussie. Il faut pas t'inquiéter. Et puis, en plus, tu peux t'en ficher complètement, parce que les gros mots, ça veut rien dire vraiment. Moi j'en dis souvent et je sais que ça veut rien dire du tout. J'aimais bien les tiens. Quand tu te fâchais et que tu disais crotte de bique, c'était rigolo. P'tit Lu, il le dit souvent crotte de bique et aussi mince, comme Ferdinand. Il est petit, alors ça va, c'est pas ridicule. Dans ma classe, nous on dit des vrais gros mots, comme putain, ou casser les couilles. Mais on est plus grands, c'est pour ça.

Avant, quand t'étais encore là, maman avait moins peur de tout. Maintenant, elle veut sans arrêt qu'on reste avec elle, et si on tombe ou si on a un rhume, tout de suite elle croit qu'on va mourir aussi. C'est pas marrant pour nous. J'espère que ça va pas durer trop longtemps.

Tonton Guy est triste, mais il essaye que ça se voye pas quand on va chez lui. Il veut nous faire croire que tout est normal. Des fois, il essaye de faire des blagues mais elles sont pas drôles, alors on rit pas à chaque coup. Mireille aussi, elle fait celle qui a pas mal. Sauf que je l'ai entendue une fois, elle était en train de pleurer pendant la nuit. C'est normal de pleurer quand on n'a plus d'amoureuse ou plus de maman. Moi, en tout cas, ça me ferait pleurer de plus l'avoir, la mienne. Mais ça me ferait rien, si c'était papa.

Voilà, tata Gaby, c'est tout ce que je t'écris.

Si jamais tu veux me répondre ou me dire un truc, ce serait bien si tu pouvais rentrer dans mes rêves. J'essaierais de me rappeler quand je me réveillerais le matin.

Je t'embrasse très fort.

Signé : Ludovic

Ton petit-neveu chéri qui t'aime énormément.

P'tit Lu veut que j'écrive sur cette lettre qu'il t'embrasse aussi. J'ai vu le dessin qu'il t'a fait : c'est un papillon. Et en plus, tu vas voir, sa signature est hyper nulle.

Lu ɔ iɘN

22

Simone et Hortense attendent

Onze heures.

Simone et Hortense attendent depuis une heure, assises sur leurs chaises, postées en face de la porte. Elles tricotent.

Ce matin, elles se sont levées plus tôt que d'habitude. Simone a commencé par rajouter du bois dans le poêle, puis elle a posé la cafetière sur la plaque pour réchauffer le café de la veille. Ensuite, en traînant les savates, elle est retournée dans la chambre rejoindre Hortense et ensemble elles ont sorti de l'armoire leurs robes noires, leurs gilets en tricot chiné, les bas de laine qui font des poches aux genoux, les bottillons fourrés et leurs manteaux d'hiver avec le col en imitation astrakan. Ça faisait longtemps qu'elles n'avaient pas pris l'air, ces affaires-là. Elles sentaient le renfermé et un peu la naphtaline. Hortense s'est demandé depuis combien de temps ça faisait qu'elles… mais n'a même pas eu le temps de se formuler la question en entier, que Simone avait déjà répondu.

— Un an tout rond. À la mort d'Alfred.

— Alfred ? Qu'est-ce qu'il faisait, déjà, çui-là ?

— Ferronnier, voyons, Hortense, réfléchis !

Au même moment, dans la cuisine, le café s'est mis à bouillonner et Simone s'est dépêchée d'aller retirer la cafetière du poêle, poursuivie par Hortense qui criait d'une voix pointue : Café bouillu, café foutu ! Bien sûr, ça l'a agacée. Bouillu ou pas, elles l'ont bu quand même. Il n'était pas bon et elles n'avaient pas de quoi le sucrer. Un oubli sur la dernière liste de courses. C'est comme ça, Hortense a des trous.

Sur le rebord de la fenêtre, un chat avec une oreille à moitié déchirée et une patte folle s'est mis à miauler, pathétique. Simone lui a ouvert et a haussé la voix pour bien se fairc entendre de la maison d'à côté.

— T'as faim, mon pauvre vieux, c'est ça ? Allez, viens, nous on va t'en donner du lolo. C'est-y pas malheureux, tout de même.

En refermant, elle a continué à marmonner.

— Y seraient capables de le laisser crever de faim, c'te bête. Moi, je dis qu'ils ont une pierre à la place du cœur, ces gens-là.

Après lui avoir servi un grand bol de lait, elles se sont assises toutes les deux pour le regarder laper. Il a pris tout son temps, s'est lissé les moustaches et essuyé le menton. Au moment où il allait sauter sur les genoux de Simone pour se faire caresser comme tous les matins, elle s'est levée d'un bond, l'a repoussé assez sèchement, lui a rouvert la fenêtre pour le faire sortir.

— Va donc voir dehors si j'y suis ! Tu reviendras demain pour les caresses. Non mais. C'est qu'il finirait par nous mettre en retard, ce p'tit salopiaud. Hortense, il est neuf heures, bon dieu ! Faut se dégrouiller.

Et elle a filé s'enfermer dans les vécés. Hortense a jeté un œil à son pense-bête punaisé près du buffet. Neuf heures : perruches. Neuf heures dix : toilette. C'est bien ce qu'elle pensait. Elle a donc ouvert la cage, a changé l'eau et a accroché une branche neuve de graines de millet. Et puis elle a regardé picorer les oiseaux.

C'est là qu'elle a eu son petit passage à vide.

Du coin de l'œil elle avait bien remarqué qu'à l'horloge il était déjà neuf heures dix. Et elle se rappelait très bien qu'elle avait quelque chose à faire. Pire, elle savait quoi. Mais là d'un coup, zéro, plus envie de bouger, plus envie de rien. Si, juste une chose : rester où elle était et regarder les oiseaux. Et c'est ce qu'elle a fait. Mais au bout d'un moment, elle s'est dit que quand Simone sortirait après avoir fait sa grosse commission, elle n'allait pas apprécier du tout. Il fallait qu'elle se secoue, qu'elle retrouve le fil. Alors, vite, elle a fermé les yeux, s'est refait le parcours mentalement, comme un sportif de haut niveau avant sa course. Neuf heures dix : toilette. Ouvrir le placard sous l'évier, sortir les deux bassines, décrocher les gants de toilette et la louche, puiser l'eau chaude dans le faitout sur le poêle, sans en verser partout, remplir la bassine de Simone, la rouge, et puis la sienne, la bleue, enfiler le gant de toilette, le frotter de savon, commencer par le visage et le cou, puis les dessous de bras, ensuite l'entrejambe…

Mais ça n'a rien débloqué. Elle a commencé à s'affoler.

À ce moment-là, Simone est sortie des vécés. Elle a remarqué que quelque chose clochait. Tout doucement, elle s'est approchée d'Hortense, lui a pris la main, lui a parlé presque en chuchotant. Comme elle aurait fait avec une somnambule.

— C'est pas grave, mon Hortense. Regarde-moi bien. Tu vois, je ne suis pas en colère. De toute façon, qu'on soit lavées ou pas, qu'est-ce que ça change. Personne ne verra la différence. Ce sera notre secret à toutes les deux. On va bien s'amuser, tu vas voir. Quand les gens vont venir nous faire la bise, faudra pas se regarder, hein ? Sinon moi, je pourrai pas me retenir. Et puis, tiens ! Si on pue trop, on n'a qu'à mettre un peu plus d'eau de Cologne que d'habitude, c'est tout !

Hortense a gloussé.

Elles se sont habillées. Se sont aspergées de parfum, en poussant des petits cris. Ensuite, elles se sont assises sur leurs chaises, face à la porte d'entrée, et ont sorti leurs aiguilles et leurs pelotes de laine.

Maintenant, il est onze heures. Elles tricotent depuis plus d'une heure en attendant que quelqu'un vienne les chercher.

Hortense pique du nez. Elle ne se rappelle plus trop où elles doivent aller aujourd'hui, mais elle fait confiance à Simone. Sa mémoire n'a pas de trous. Même pas besoin de prendre de notes, elle se rappelle de tout. Si elles n'étaient pas ensemble, elle serait perdue. Complètement.

23

Chez Guy, après

Roland s'est occupé du buffet. Rien de compliqué, mais il voulait que ce soit réconfortant. Il fait froid, un vrai temps de Toussaint. Donc, une grande soupe de légumes et dans celle pour les enfants, il a mis des pâtes alphabet, en espérant que ça leur fasse plaisir. Et puis il a préparé des chaussons fourrés à la viande et des petits pâtés de pommes de terre. Ça cale bien l'estomac et c'est pratique, on peut les manger avec les doigts. Ça fera moins de vaisselle.

Là, il refait chauffer du vin et des épices. Ça part bien, il n'en reste presque plus.

Tout le monde a le feu aux joues, l'œil brillant et parle haut. Mais ce n'est pas seulement à cause du vin. Il y a une majorité de vieux dans l'assemblée et ils ne sont pas tous appareillés. Ça n'aide pas.

Dans un coin, Mireille discute avec Marceline.

C'est la première fois qu'elles se disent plus de trois phrases d'affilée. Mais maintenant, c'est différent. Marceline et Gaby étaient copines, alors ça crée un lien, forcément. Mireille la remercie d'avoir joué du violoncelle pour sa tata. C'était très doux, très apaisant. Elle ne savait pas avant qu'elle était musicienne. D'ailleurs, comment aurait-elle pu l'imaginer, depuis le temps qu'elle la voit avec sa charrette et son âne, vendre des fruits et des légumes au marché. Marceline explique. L'autre jour, c'est uniquement parce que Gaby lui avait demandé, elle n'avait pas pu refuser. Mais elle ne joue plus du tout depuis longtemps. Depuis des années. Mireille n'ose pas lui demander la raison, ça doit être quelque chose de grave. La prochaine fois, ou quand elles se connaîtront mieux. En attendant, elle dit qu'elle aimerait vraiment que ses enfants apprennent à jouer d'un instrument. Ludovic et Lucien, ses deux Lulus. Il faut qu'elle s'occupe de ça sérieusement.

Ferdinand, Raymond et Marcel accompagnent Guy dans le jardin. Ils s'asseyent tous les quatre sur le banc, regardent devant eux en silence.

Ça ne dure pas très longtemps, Mine et Mélie les rejoignent, catastrophées.

— Les sœurs Lumière, on les a oubliées.

Les quatre hommes se lèvent d'un bond.

— Et merde.

Ils traversent la maison très vite, enfilent leurs vestes, sortent dans la rue, s'arrêtent devant la voiture de Ferdinand garée un peu plus loin. Guy lui prend les clefs des mains, c'est le seul des quatre à n'avoir bu qu'un seul verre de vin. Il démarre. Les trois autres suivent à pied derrière.

La maison est à cinquante mètres à peine. Arrivés devant, ils hésitent, gênés, cherchent ce qu'ils vont dire pour s'excuser. Mais la porte s'ouvre avant qu'ils frappent. C'est Hortense qui à cet instant se rappelle de tout.

— Imaginez-vous, l'enterrement, on croyait que c'était ce matin ! Ça tourne pas rond chez nous, des fois, hein ?

Les quatre hommes se penchent pour les embrasser et Simone se met à glousser. Hortense lui fait les gros yeux, mais ça ne marche pas, au contraire, elle éclate de rire.

Hortense est embêtée. Elle la pousse vers l'extérieur.

— Allez, en voiture, Simone !

Et, un peu plus discrètement.

— Mais arrête donc de rigoler. Qu'est-ce qu'ils vont penser de nous. Tu me fais honte.

24

Les visites à Guy

Ferdinand.

Les jours qui suivent l'enterrement.

Ferdinand va voir Guy, débarque chez lui à l'improviste. S'il ne vient pas lui ouvrir, il fait le tour de la maison, passe par la porte de la cuisine, elle est toujours ouverte. Il remarque qu'il commence à se laisser aller, oublie de manger, de se laver, et même, certains jours, de se lever de son lit. Les seuls moments où il fait un effort, c'est quand Mireille passe avec les enfants, le mercredi et le samedi. Ces jours-là, il s'habille de propre, range un peu, ouvre les volets. Mais le reste du temps, il est capable de rester assis sans rien faire. Des journées entières. Il n'a plus goût à rien, c'est clair.

Ferdinand s'inquiète. Il essaye de trouver des prétextes pour le sortir de chez lui. Propose d'aller au café voir du monde, de saluer les copains, de faire une partie de dominos. Mais ça ne l'intéresse pas. À part Mireille et les enfants, une seule chose arrive à le sortir de sa léthargie : parler de Gaby. Là, il s'anime. Il a besoin de se rappeler, de dire les mots. De pouvoir oublier quelque chose qui la concerne le panique complètement. Ferdinand l'écoute. Il sait bien qu'il va falloir du temps à Guy avant de s'habituer à vivre sans elle. Des mois ou des années. Peut-être que sa blessure ne se refermera jamais. Probable. Une chose est sûre, il ne le laissera pas tomber. Il l'a promis. Et puis, ça ne lui viendrait même pas à l'idée de laisser tomber un ami.

Marceline.

Samedi, fin de marché.

Après avoir remballé ses cageots dans la charrette, Marceline va voir Guy. Elle frappe à la porte, il ne vient pas ouvrir. Pas de bruit dans la maison, rien. Elle fait le tour, passe par le jardin, tape au carreau, comme avant, quand elle venait chercher Gaby pour aller à la bibliothèque. En se collant à la vitre, elle arrive à distinguer une silhouette. Guy est assis devant la table de la cuisine, le regard fixe, sans réaction. Elle pousse la porte, va s'asseoir près de lui. Attend patiemment qu'il tourne la tête, la regarde. Ses yeux sont enfoncés dans leur orbite, comme déjà tournés vers l'intérieur. Sa voix, un filet.

— Ça n'a plus de sens.

À elle, il n'a pas honte de le dire, elle sait ce qu'il ressent. Gaby un jour lui a raconté la peine de sa vie.

Elle caresse le dessus de sa main. Parle bas.

— Elle aurait aimé que vous essayiez encore, je crois.

Il ne veut pas pleurer devant elle. Très vite, il se lève et sort de la cuisine.

— Ça ne vous dérange pas de mettre de l'eau à chauffer, Marceline ? J'en ai pour une minute. Vous resterez bien prendre un thé avec moi…

Mireille.

Dimanche soir.

Les enfants sont au lit. Il est encore tôt et elle n'a pas sommeil. Elle décide de passer un coup de balai derrière le comptoir. Roland, lui, est déjà monté se coucher. Elle l'entend parler au téléphone et dire : Salut, p'pa. Ridicule, à son âge ! Elle lui en veut. De ça, et du reste. Mais surtout de ne pas avoir compris qu'elle avait du mal à rester seule en ce moment. Allez, tant pis pour les médicaments, elle se sert un petit verre de sherry. Le boit cul sec. Regarde l'heure encore une fois. Huit heures et demie. Ça va.

Elle arrive devant la porte de chez Guy et Gaby. Encore une chose à assimiler. Dorénavant, elle doit penser *chez Guy*, seulement. Tout ça est si déboussolant.

Les volets sont fermés, aucune lumière ne filtre. Elle frappe. Rien. Elle fait le tour de la maison, passe par le jardin, tape au carreau de la cuisine. Toujours rien. Elle appuie sur la poignée, la porte s'ouvre. Elle appelle. Pas de réponse. Allume la lumière, découvre le désordre, la vaisselle entassée dans l'évier, des restes de repas qui traînent sur la table, les vêtements sales jetés à même le sol. Jamais elle n'avait vu la maison dans cet état. Elle monte à l'étage en courant, ouvre la porte de la chambre à la volée, voit Guy allongé sur le lit tout habillé, pousse un cri. Il se tourne vers elle, en sursautant.

— Je ne t'ai pas entendue entrer. Qu'est-ce qu'il y a, Mireille ? Pourquoi tu cries ?

Pour rien. Elle avait besoin de le voir, c'est tout. Elle s'est inquiétée parce qu'il ne répondait pas quand elle l'appelait, et puis, de voir tout ce désordre, ça l'a un peu bouleversée, aussi. C'est pour ça qu'elle est montée. En le découvrant, là, couché tout habillé sur le lit, elle a vraiment cru… qu'il était mort. Ils descendent à la cuisine, elle a besoin de boire quelque chose. Il lui propose un verre de sherry. Elle préfère de l'eau, à cause des médicaments. Boit d'un trait. Ça va mieux. Elle l'embrasse tendrement, lui dit de ne pas s'inquiéter, ça va aller. Elle va rentrer chez elle et demain matin, elle reviendra l'aider à tout ranger.

25

Roland au téléphone

— Salut, p'pa.

— C'est toi, Roland ?

— Ben oui. Qui d'autre t'appelle papa ?

— Ça aurait pu être Lionel qui téléphone d'Australie.

— C'était quand la dernière fois ?

— Je ne sais plus, Noël dernier, peut-être. Alors, qu'est-ce qui me vaut ?

— Rien de spécial. Ça fait quelques jours que je ne te vois plus traîner à la terrasse du café d'en face, à essayer de faire trébucher des demoiselles avec ta canne, alors je me demandais… Tout va bien ?

— Oui, oui, ça va.

— Tu ne t'ennuies pas trop, tout seul ?

— Non, pas du tout.

— Tu trouves de quoi t'occuper ?

— J'ai des tas de choses à faire.

— Ah bon.

— Et toi ? Le restaurant ?

— Ça va.

— Les enfants ?

— Ça va, ça va.

— Et Mireille ?

— Elle a repris le boulot, ça l'aide à penser à autre chose. Le docteur Lubin lui a quand même prescrit des antidépresseurs, tu sais.

— Lubin ? Il n'est pas encore en prison, celui-là ?

— À chaque fois… On devrait éviter le sujet, peut-être.

— T'as raison. En tout cas, c'est gentil d'avoir téléphoné.

— Mais c'est normal, p'pa.

— C'est gentil tout d'même. Dis donc, Roland, tu es au courant que tes fils de six et huit ans m'appellent Ferdinand. Est-ce que tu ne crois pas que…

— Attends, c'est quoi le problème ? Ça te gêne que je t'appelle papa, c'est ça ?

— Non, mais à quarante-cinq ans, on pourrait imaginer…

— Qu'est-ce que l'âge a à voir ? De toute façon, je ne pourrais pas t'appeler autrement, c'est trop tard. Et puis, c'est fou, ça. Je téléphone pour prendre des nouvelles, et paf ! un petit coup dans les gencives ! Toujours d'attaque, hein. Ben moi, tu vois, je suis complètement crevé. Il est huit heures et demie du soir et je vais me coucher. Allez, salut p'p… Ferd… Oh et puis, merde, j'y arrive pas.

— C'est pas grave, Roland. Bonne nuit, fiston.

Ferdinand retourne s'asseoir à la table de la cuisine. Ce soir, c'est Marceline qui prépare le dîner.

Elle n'utilise que des produits de son jardin, le miel de ses abeilles et les œufs de ses poules. Elle lui a expliqué qu'elle n'a pas le courage de tuer les animaux qu'elle élève, elle s'y attache, forcément. Donc, le problème est réglé, elle ne mange plus de viande et c'est très bien comme ça. Il ne pose pas trop de questions, bien sûr, mais il a compris qu'elle n'a pas les moyens d'en acheter, surtout. Parce que trois jours plus tôt, il a fait du poulet et elle en a mangé. Elle l'a même complimenté sur son goût.

Sinon, il sait quelques petites choses de plus sur elle. Elle est polonaise, et non russe ou hongroise comme il pensait, son prénom c'est Marcelina, mais tout le monde l'appelle Marceline, elle a été mariée ici une vingtaine d'années, c'est pour ça qu'elle parle si bien et presque sans accent, et elle a travaillé dans beaucoup de pays étrangers quand elle était musicienne. Il aimerait bien savoir pourquoi elle ne l'est plus, mais il n'ose pas lui demander. C'est sûrement quelque chose de grave. Pas la peine d'en rajouter en ce moment.

Elle pose le plat sur la table. Il fait la grimace.

— Vous n'aimez pas les rutabagas ?

— Si, mais ce sont eux qui ne m'aiment pas.

— J'ai mis un peu de bicarbonate.

— Ah bon, pourquoi ?

— Ça annule les effets indésirables, les ballonnements…

— Vous pensez vraiment que ça marche, ce truc-là ?

— Ça fait une différence, vous verrez.

— J'espère.

Elle s'amuse.

— Sinon, nous irons boire le café dehors, après dîner. Vous serez plus tranquille. Avec de la chance, il ne devrait plus pleuvoir.

Ferdinand pense à Henriette. Avec elle, il ne rigolait jamais avec ça.

Après dîner, ils sont sortis. Pas à cause des rutabagas – le bicarbonate, a priori, c'est efficace contre les gaz –, mais parce que Cornélius a réclamé bruyamment un peu d'attention. C'est un âne très indépendant, qui entre et sort quand il veut de son box, fait le tour de la ferme, passe beaucoup de temps à étudier la façon d'ouvrir les portes et les barrières, surtout celles qui mènent aux potagers, mais, le soir venu, il veut qu'on vienne lui dire bonsoir avant de se coucher. Comme un enfant.

26

Mireille a un truc à demander

Quand Mireille arrive dans la cour de la ferme, la lumière de la cuisine est encore allumée. Elle est étonnée d'être accueillie par des aboiements. Velcro, le chien idiot de Ferdinand, est mort au moins six mois plus tôt et il avait juré qu'il n'en reprendrait plus jamais. Il a dû changer d'avis et oublier de leur en parler. Ça l'agace. Mais très vite elle rectifie. Elle a un truc à lui demander. Alors elle se dit qu'il a bien le droit d'avoir des petites lubies, finalement, le pauvre vieux. Et puis, contre la solitude, c'est pas bête de prendre un chien…

Elle descend de voiture, la chienne la reconnaît, s'approche en remuant la queue. Mireille est perplexe.

Ferdinand ouvre, s'étonne de la voir ici. C'est la première fois qu'elle revient à la ferme depuis le déménagement. Presque deux mois et demi. En plus, à cette heure-ci et sans prévenir avant… Il s'inquiète. Roland a appelé il y a une heure mais il n'a rien dit de spécial, quelque chose est arrivé aux enfants ? Elle secoue la tête. Non, ça va. Elle a l'air épuisée, se laisse tomber lourdement sur une chaise. Marceline lui propose du café. Ou bien une tisane ? Elle préfère quelque chose de plus costaud. Du vin, s'il en reste, ça lui irait très bien. Marceline va chercher son fameux vin de prune et Ferdinand sort trois verres. Ils trinquent. Puis Marceline prétexte qu'elle doit soigner son vieux chat pour les laisser ensemble.

Dès qu'elle est sortie de la pièce, Mireille regarde Ferdinand avec un petit sourire en coin. Il sent qu'elle va dire une connerie, il préfère prendre les devants. Explique la raison pour laquelle Marceline est ici. La tempête, les fuites dans son toit, le risque d'effondrement, sa décision de l'inviter chez lui, dans sa grande maison, bien vide depuis qu'ils sont partis. Il ajoute qu'au début, elle a refusé, évidemment, mais il a réussi à la convaincre et donc elle va rester jusqu'à ce qu'elle ait réparé chez elle. Mireille reste muette un moment. Elle finit par murmurer, comme pour elle-même, qu'elle ne s'imaginait pas du tout. Depuis le temps… C'est vrai ça, elle croyait le connaître, le papa de son mec, un vieux type un peu raide, un peu froid, pas franchement sympathique, et là…

— Bon, c'est juste pour me dire ça que t'es venue, Mireille ?

— Non, je voulais vous parler de… Mais attendez une seconde. Avant, j'aimerais quand même savoir pourquoi vous n'avez mis personne au courant de cette histoire.

— Pour éviter les malentendus. Les gens sont capables d'imaginer des trucs à la con, des fois. Tu sais bien…

— Vous avez raison.

Elle s'est resservi un verre.

C'est donc après deux verres de sherry, un antidépresseur et deux verres de vin de prune qu'elle a commencé à expliquer la raison de sa venue.

Son tonton Guy n'allait pas bien du tout. Il avait bien dû le remarquer, il se laissait couler. En quelques jours, il avait perdu tellement de poids, c'était terrible. Et ses yeux cerclés de noir. Son regard… Les enfants ne voulaient plus aller le voir, il leur faisait peur. Il ressemblait à un fantôme.

Elle s'est mise à pleurer, mais a continué de parler.

Alors, peut-être que s'il n'était pas seul, il retrouverait le goût ? Il ferait des choses, s'occuperait des enfants, et puis, un peu d'elle, aussi. Elle en avait besoin, surtout en ce moment. S'il ne vivait plus tout seul, peut-être qu'il irait mieux…

Ferdinand lui a tapoté la main. Elle s'est blottie contre lui. C'est la première fois qu'ils se tenaient aussi près. Il n'avait pas l'habitude, il a fouillé sa poche, lui a tendu un mouchoir. Elle a soufflé dedans bruyamment et a attendu qu'il réponde.

— C'est une tête de mule, ton tonton. S'il ne veut pas, ce sera difficile de le faire changer d'idée.

— Mais si c'est vous qui le proposez, ça pourrait marcher…

Elle a attendu encore qu'il confirme.

— J'irai le voir demain.

Les effets du mélange alcool-médicament se sont finalement fait sentir. Elle n'était pas du tout en état de conduire. Ferdinand lui a pris les clefs, a chargé dans le coffre la bicyclette de Marceline – les pneus de la sienne étaient à plat – et l'a ramenée chez elle.

Sur le chemin de retour, par chance, il n'a pas plu. Mais comme ça faisait très longtemps qu'il n'était plus monté sur un vélo, il a dû s'arrêter plusieurs fois pour se reposer.

Sûr que demain, il allait déguster.

27

Embrocation

Ça n'a pas loupé. Au réveil, les jambes de Ferdinand étaient raides et douloureuses et son coccyx en marmelade. Au point qu'il ne pouvait ni s'asseoir ni se mettre debout. À sept heures et demie, il a fini par appeler Marceline à l'aide. Elle lui a monté une bouteille d'embrocation de sa fabrication. Pour elle, ça marchait, il n'avait qu'à essayer. Il était sceptique, mais n'avait pas vraiment le choix. Il s'est frotté comme elle lui a indiqué et il a ressenti un mieux. Il a pu descendre à la cuisine sans trop de difficultés et la féliciter pour son précieux remède. Bien entendu, il a évité de dire « remède de grand-mère », la pauvre, elle n'avait pas de petits-enfants. Il ne voulait pas la froisser.

Pendant qu'elle buvait son thé et lui, son café, ils ont parlé de la veille. Elle avait trouvé ça très touchant que Mireille soit passée le voir sans prévenir. D'autant plus que c'était la première fois, si elle avait bien compris. Elle avait l'air d'une petite fille. Si désemparée, si fragile. Ferdinand a fait la moue. Il la connaissait depuis pas mal de temps. Alors, même si elle donnait l'impression d'être mignonne et tout, il ne fallait pas trop s'y fier, à la petite Mireille. Elle n'était pas toujours comme ça. Avec ses enfants, par exemple, elle était très sévère. Et lui, elle faisait tout pour l'empêcher de les voir, sous prétexte qu'il disait trop de gros mots. Alors qu'en fait, non, il faisait très attention. Mais bon, il était d'accord, hier soir, elle était fragile, c'est vrai. Et ça l'avait beaucoup touché aussi qu'elle soit passée le voir pour lui parler.

Ils ont essayé d'imaginer comment ils s'organiseraient si jamais ils se retrouvaient à trois. Ont fait le tour de la maison.

Rien n'empêchait, vraiment.

Ils se sont souhaité une bonne journée et chacun est parti de son côté.

Marceline avait pris du retard au potager. Elle devait profiter qu'il ne pleuve pas pour aller planter l'ail et les échalotes d'hiver, semer des fèves et des petits pois. Avant que la terre ne soit trop durcie par le gel.

28

Guy, quinze kilos en moins

Guy n'est pas venu ouvrir. Ferdinand a fait le tour par le jardin, mais la porte de la cuisine était fermée à clef. Il a dû casser un carreau pour pouvoir entrer.

Maintenant, ils sont assis, côte à côte, sur le lit. Ferdinand parle de responsabilités. De Mireille et des enfants. Que Gaby n'aurait pas du tout aimé qu'il se laisse aller comme ça. Ça l'aurait attristée. Mais surtout, bon dieu, elle aurait détesté qu'il passe quinze jours sans prendre de douche ni se raser. Sûr et certain, elle aurait demandé le divorce, tellement il schlingue, le gars ! Guy sourit légèrement.

En bas, Mireille lave la vaisselle. Elle casse un verre, crie : Fait chier ! Ferdinand hausse les sourcils, prend l'air étonné. Au fond, il jubile.

OK, Guy accepte de se laver. Ferdinand l'aide à se mettre debout, il tient à peine sur ses jambes. Normal, il a perdu quinze kilos en quinze jours et déjà au départ, il n'était pas très épais. Dans l'armoire, il prend des vêtements propres, s'appuie au bras de

Ferdinand pour traverser le couloir. Arrivé devant la salle de bains, il le repousse, lui dit d'aller l'attendre en bas. Il peut encore se laver tout seul, quand même, il n'est pas grabataire.

Une heure plus tard, propre et rasé, il descend. Mireille lui a préparé à manger. Du thé, des tartines et des œufs brouillés. Il fait un effort, mais ça a du mal à passer.

À dix heures et quart, Mireille doit partir travailler. Elle serre Guy dans ses bras, lui frotte le dos, comme pour le réchauffer. Il chuchote à son oreille de ne plus s'inquiéter, bientôt il ira mieux. Elle s'écarte pour le regarder, il sourit, elle veut pouvoir le croire, l'embrasse tendrement. Et alors qu'elle a déjà ouvert la porte pour sortir, elle se ravise et revient embrasser Ferdinand sur les joues. Jusque-là, elle s'est toujours débrouillée pour saluer de loin son beau-père ronchon.

Une fois qu'ils sont seuls, Ferdinand passe à l'attaque. Sans prendre de gants, il lui demande ce qui lui manquerait le plus s'il devait un jour quitter sa maison. Et Guy répond du tac au tac : rien. Ferdinand est déstabilisé, il ne s'attendait pas à une réponse aussi nette. Alors Guy explique très simplement. Que ni lui ni Gaby ne se sont vraiment plu, ici. À la retraite, ils avaient dû vendre la ferme pour rembourser quelques dettes, et avec ce qu'il restait, ils n'avaient rien trouvé de mieux que cette maison-là. C'est comme ça.

Alors, Ferdinand joue franc-jeu. Il lui parle de ce que lui, Mireille et Marceline ont imaginé lui proposer. Et évidemment, Guy refuse. Mais Ferdinand ne se démonte pas. Il a déjà eu à trouver les mots justes et les bons arguments une première fois avec Marceline. Ça ne lui fait pas peur de recommencer. Le Guy, il le connaît comme s'il l'avait fait. Une sacrée tête de mule. Pour le faire avancer, il ne faut pas le pousser ou le tirer, mais le prendre à contre-pied.

C'est ce qu'il a essayé de faire toute la journée. Et ça n'a pas marché.

À la fin, à court d'arguments, il lui a posé sa veste sur les épaules et a dit :

— Faut pas rester tout seul, Guy, c'est pas bon pour toi. Allez viens, on s'en va.

29

Deux + un à la ferme

Guy a refusé de prendre ses affaires. Même pas un pyjama. Ferdinand ne s'est pas formalisé, au contraire, il a trouvé ça bien. Ça voulait dire qu'il lui en restait sous le pied ! De toute façon, question pyjama, il en avait d'avance, il pourrait lui en prêter. Depuis que Marceline s'est installée chez lui, bizarrement, il ne fait plus ce rêve où il nage avec des dauphins dans les eaux bleues et chaudes d'un lagon tropical. D'un côté, il regrette, c'était un rêve très agréable. Mais de l'autre, il ne pisse plus au lit. C'est pas si mal.

Quand ils sont entrés dans la cour de la ferme, Cornélius était devant la porte de la cuisine, en train d'étudier le fonctionnement de sa poignée. Quelques minutes de plus et il aurait réussi à l'ouvrir, c'est évident. Guy avait bien entendu parler de ses exploits par Gaby – il se rappelle encore le plaisir qu'elle prenait à dire combien c'était un sacré bestiau, cet âne-là – mais il n'avait jamais eu l'occasion de le voir en action. Pour Ferdinand, c'est différent, il avait eu droit à l'épisode piétinement de carottes dans le potager et autres désagréments du même genre, il était refroidi. Sa première réaction a donc été l'agacement. Mais en voyant l'expression de Guy, il s'est calmé d'un coup. Et il aurait été prêt à inviter l'âne à entrer, à s'asseoir sur le canapé et même à boire un pot avec eux, pour le sourire qu'il avait provoqué. Sacré bestiau, cet âne-là, vraiment.

Ils sont montés à l'étage et Ferdinand a proposé à Guy de s'installer, en attendant de faire son choix, dans l'ancienne chambre d'Henriette. Le lit était confortable, la déco entièrement refaite avec les œuvres des enfants. C'était là, d'ailleurs, qu'ils avaient dormi l'autre nuit, les deux bandits, après leur fugue en vélo…

Ferdinand a préparé la soupe pour le dîner. Poireaux, carottes et orge perlé. À la nuit tombée, il a entendu la chienne gratter à la porte, il a ouvert, elle lui a fait la fête, puis elle s'est collée contre Guy pour avoir aussi des caresses. Comme s'il en avait toujours été ainsi. Après avoir retiré ses bottes, Marceline est entrée, exténuée par sa longue journée de jardinage. Et avec l'envie urgente de se changer, de manger une soupe brûlante et de filer se coucher. En voyant Guy, son regard s'est éclairé, elle est allée l'embrasser. Ferdinand avait réussi ! En passant devant lui, elle l'a regardé avec un petit sourire dans le coin de l'œil et en penchant la tête, une façon de le féliciter discrètement. Au moment d'entrer dans sa chambre, elle s'est ravisée et elle est retournée l'embrasser sur les deux joues. Chose qu'elle n'avait jamais faite avant. D'autant plus qu'ils se disent toujours « vous ».

Après dîner, ils sont sortis tous les trois dire bonsoir à Cornélius.

Avant de le laisser, Marceline lui a chuchoté à l'oreille des mots doux et lui a demandé de se calmer sur les serrures, loquets et autres verrous. Parce que Ferdinand ne trouvait pas ça amusant du tout. Elle s'est reculée pour voir sa réaction, il a hoché la tête. Ça l'a surprise. Peut-être qu'il comprenait tout, finalement.

En rentrant, une enveloppe est tombée de sa poche. Guy l'a ramassée et lui a tendue. Elle l'avait prise dans sa boîte aux lettres dans la journée et avait oublié de l'ouvrir. Trop de choses à faire, ça lui était sorti de la tête. Avec un peu d'anxiété, elle l'a ouverte. C'était le devis pour la réparation du toit de sa maison. Elle a tout lu en détail et, arrivée au total, fournitures, main-d'œuvre et taxes comprises, elle s'est laissé tomber sur sa chaise. Guy et Ferdinand ont bien remarqué qu'elle avait pâli. Et puis elle s'est excusée, mais elle était tellement fatiguée qu'elle en avait les jambes coupées, elle allait devoir se coucher très vite. Ils lui ont souhaité une bonne nuit, elle a caressé la chienne et elle est partie.

Guy et Ferdinand n'avaient pas sommeil. En feuilletant le programme télé, Ferdinand a vu qu'il y avait un documentaire sur les baleines. Il allait commencer dans cinq minutes à peine. Pas moyen de le rater. Ils ont pris deux verres et la bouteille de vin de prune et sont vite allés s'installer au salon. Comme deux vieux garnements.

30

Peut-être une grippe

Pour sa première nuit, Guy a plutôt bien dormi. Deux fois une heure et demie. Rien d'anormal pour lui, il est insomniaque. Vers trois heures du matin, il est sorti faire un tour, il avait besoin de se dégourdir les jambes, de respirer l'air des environs. La chienne l'a accompagné jusqu'à la maison de Marceline et, à la lueur de sa lampe torche, il a regardé l'état de la toiture. Il y en avait pour des sous à réparer tout ça, il s'est dit pour lui-même. Pas étonnant qu'elle s'inquiète, la pauvre femme.

En rentrant, il est allé traîner du côté de la grange. En passant près du tracteur, il n'a pas résisté à l'envie de grimper dessus. Mais il ne l'a pas fait démarrer, pour ne réveiller personne. Après ça, il a visité l'atelier, a jeté un œil aux outils. Il cherchait quelque chose à faire, mais n'a rien trouvé qui l'intéresse. Sentant arriver une vague de déprime, il est retourné se coucher, avant qu'elle ne le submerge.

Huit heures.

Marceline n'est pas levée. Normalement, vers sept heures elle est déjà en train de préparer le petit déjeuner. La chienne est inquiète, fait des allers-retours entre la cuisine et la porte de sa chambre. Ferdinand la regarde, navré. Il met de l'eau à chauffer pour préparer du thé, entend un bruit dans le couloir, va voir. C'est le vieux chat qui gratte sous la porte. Il lui ouvre, Mo-je lui passe entre les jambes au galop. Le petit Chamalo, qui attendait ce moment, lui court après pour jouer, mais le vieux se retourne et lui donne un coup de patte pour le calmer. Faut pas l'énerver, le matin ! Il a des choses importantes à faire. Le tour du domaine, repérer les bons coins pour la chasse, aiguiser ses griffes sur les troncs d'arbres, marquer son nouveau territoire. Il a du boulot. Jouer, il aime, mais seulement quand il n'a rien d'autre à faire. Le petit Chamalo s'en remet vite, il se jette sur la queue de la chienne. Elle bat tout le temps. Super amusant.

Neuf heures.

Marceline n'est toujours pas sortie de sa chambre. Ferdinand se demande ce qu'il faut faire. Il passe plusieurs fois devant la porte, s'arrête pour écouter, n'entend pas bouger.

Il n'en parle pas à Guy pour éviter de l'inquiéter.

À dix heures, il décide de frapper. Il croit entendre un geignement. Refrappe. Deuxième geignement. Il pousse la porte, appelle. Dans la pénombre, il la voit allongée sur le lit, s'approche, lui demande si elle a un problème. Elle répond d'une voix tremblante qu'elle ne se sent pas bien. Elle a de la fièvre, des douleurs dans les jambes et dans le dos, pense que c'est la grippe. Il pose la main sur son front. Elle est brûlante.

Ferdinand va voir Guy dans sa chambre, lui raconte ce qu'il se passe. Guy le prend mal. Pour Gaby, c'était pareil, ils pensaient tous que c'était la grippe au début. Même le docteur Lubin avait fait ce diagnostic. Ferdinand lui demande de ne plus jamais prononcer le nom de ce type. Il est nul et, en plus, il est complètement idiot ! En attendant, ils ne savent pas quoi faire pour Marceline.

Ils entendent la voiture de Mireille qui arrive. Elle mourait d'envie de savoir comment les choses se passaient ici à la ferme, mais n'osait pas appeler. Alors, elle fait celle qui venait les voir comme ça, pour rien, enfin si, pour dire bonjour. Tiens, au fait, elle s'est arrêtée en route prendre deux ou trois trucs dans la maison de son tonton. Au cas où il en aurait besoin. Sa trousse de toilette, des chaussettes de laine, un pantalon propre et ses bottes en caoutchouc. On ne sait jamais. Il pleut beaucoup. Ah, et puis aussi quelques photos qui traînaient sur le buffet. Très naturel, tout ça, évidemment. Des photos de Gaby et des enfants. Elle les regarde avant de les lui donner et fond en larmes.

Sans même s'en parler, ils décident de ne rien lui dire à propos de Marceline. Elle est encore trop fragile, pas la peine de lui faire peur avec une nouvelle histoire de maladie. Donc, quand un peu plus tard elle leur demande comment va la voisine et où elle est, ils répondent en chœur qu'elle va bien et qu'elle est partie très tôt travailler dans son potager.

Dès qu'elle est partie, Guy s'installe au chevet de Marceline, lui fait avaler une aspirine, passe un linge humide sur son front. Pendant ce temps, Ferdinand téléphone à Raymond. Il est guérisseur, il aura une idée de ce qu'il lui faut. Il répond qu'il sait soigner l'eczéma, les verrues, les rhumatismes et des tas d'autres choses, mais les grippes, pas du tout. Il lui passe sa femme, elle saura sûrement. Mine a bien quelques recettes, tisanes de thym, grogs pour faire transpirer, décoctions et cataplasmes, mais elle trouve que si la fièvre est élevée, il vaut mieux appeler un médecin. Mais surtout pas Lubin, s'il te plaît, Ferdinand ! Ça tombe bien, il est d'accord. Elle conseille Gérard, le beau-fils de Mélie. Il est sympathique et compétent. Et en général, il passe rapidement.

31

Diagnostic

Gérard est passé en fin de journée. Il a ausculté Marceline, lui a posé quelques questions sur ses antécédents médicaux. Elle a répondu qu'elle n'avait jamais eu aucun problème de santé depuis sept ans qu'elle vivait ici. Possible. Mais il s'est douté qu'il y avait une autre raison. Il rencontrait de plus en plus fréquemment des gens qui n'avaient pas les moyens de se faire soigner, sans couverture sociale ni mutuelle ni aucune sorte d'allocation. Et effectivement, au moment de remplir les papiers, elle lui a dit que ce n'était pas la peine. Elle lui a montré la boîte à gâteaux en métal posée sur l'étagère et lui a dit de prendre ce qu'elle lui devait dedans. Il a répondu qu'ils verraient ça plus tard, quand elle serait sur pied.

Gérard a rejoint Ferdinand et Guy dans la cuisine. Ils lui ont servi un petit verre de vin de prune. Il a trouvé ça bon. Et ils ont attendu qu'il leur parle de son diagnostic.

C'est bien une grippe. Carabinée. Pour l'instant, pas d'affolement. Il n'y a pas grand-chose à faire, sinon attendre et surveiller. Prendre sa température régulièrement. La faire boire beaucoup. De l'eau, des bouillons. Des tisanes de thym ? OK, si vous voulez. C'est Mélie qui vous l'a suggéré ? J'en étais sûr. Mais elle a raison, c'est très bon. En cas de maux de tête ou de poussée de fièvre, donnez-lui du paracétamol ou de l'aspirine. Si ça ne va pas mieux d'ici trois jours, rappelez-moi, on avisera à ce moment-là.

En partant, il s'est tourné vers Guy, lui a dit avoir appris pour sa femme, il était désolé, et comment allait-il depuis. Guy a répondu qu'il préférait ne pas en parler pour l'instant. Gérard n'a pas insisté. Ils se sont serré la main et il est parti.

Ferdinand est allé acheter ce qu'il fallait à la pharmacie, en a profité pour faire quelques courses et, avant de rentrer, s'est arrêté chez Mine et Marcel leur emprunter un thermomètre. Il ne retrouvait plus le sien.

Maintenant, Guy et Ferdinand se relaient au chevet de Marceline.

Guy a choisi de faire la nuit, c'est pratique avec ses insomnies. Et Ferdinand s'occupe du jour. Ils doivent prendre sa température toutes les deux heures et la noter sur une feuille de papier pour faire une courbe, comme à l'hôpital. Et ils notent aussi ce qu'ils lui donnent à boire : eau, bouillons et tisanes de thym. C'est Guy qui a décidé. Et Ferdinand n'a pas voulu remettre en question l'utilité d'une telle liste. À chacun ses lubies, il s'est dit. Ça ne peut pas faire de mal.

C'est la première fois qu'ils se servent d'un thermomètre électronique. Mine a expliqué le fonctionnement de la machine. Quelques secondes dans le creux de l'oreille et hop, ça sonne et la température s'affiche. Ils trouvent ça magique. L'impression d'être dans un film de science-fiction. Ou plutôt, non, dans la série *Star Trek*. Ils se rappellent ensemble du docteur Spock et de ses oreilles pointues, les piqûres sans seringue, les anesthésies générales en appuyant juste avec deux doigts dans le cou et plouf ! les gens tombent raides par terre…

Et la télétransportation, alors ?

Il faudrait qu'ils se dépêchent de l'inventer, ce truc-là, ils aimeraient bien l'essayer au moins une fois avant de décarrer.

Non mais, t'imagines, Ferdinand ?

Ah ouais, trop fort.

32

Menace thérapeutique

Marceline a beaucoup de fièvre. Elle attrape Ferdinand par le bras, le supplie de l'écouter. Les yeux brillants, elle lui parle de la chienne, du vieux chat et de l'âne. Elle n'a personne à qui les confier. Si seulement il acceptait de les garder, elle serait soulagée et tellement plus sereine. La première réaction de Ferdinand, c'est de dire oui, évidemment. Mais un doute s'insinue. Et si c'était le déclic qu'elle attendait pour tout lâcher ? Alors il dit non. Et il explique ses raisons. La chienne ? OK, elle est gentille, mais honnêtement, il préférait avant, quand elle n'était pas là. Sa maison était plus propre, mieux tenue, sans traces de pattes ni poils partout. En plus, elle gratte aux portes, ça raye la peinture, c'est moche, il va devoir en remettre une couche au printemps. Le vieux chat ? Il lui rappelle son fils aîné. Il n'aime personne, ne s'occupe que de ses affaires : chasser, faire ses griffes sur les troncs d'arbres, marquer son territoire et filer des beignes en passant à son petit Chamalo. Pas du tout le genre de chat qu'il affectionne. Et l'âne ? Alors, lui, il ne le trouve pas amusant du tout. Les bêtes qui n'en font qu'à leur tête, qui refusent de rester enfermées, cassent les barrières, ce n'est pas sa tasse de thé. Vu les dégâts qu'il a été capable de faire dans le potager et partout où il a mis les pieds, non, vraiment, ce n'est pas un cadeau, ce bestiau-là. Désolé, Marceline, mais ne comptez pas sur moi pour garder vos animaux. Et si jamais, malgré tout, vous vous avisiez de me les laisser sur le dos, je vous préviens, je n'hésiterais pas à les abandonner. J'ai l'air sympa comme ça, mais dans le fond, je ne le suis pas du tout.

Il sort de la chambre, épuisé. Guy le regarde arriver dans la cuisine, se lève lentement, sûr qu'il a une mauvaise nouvelle à annoncer. Mais Ferdinand ne dit rien. Il prend une bouteille de vin dans le garde-manger, se sert un verre, boit cul sec et se laisse tomber sur sa chaise. La chienne vient se coller contre ses jambes, il la caresse affectueusement. Guy se rassoit.

Et Ferdinand pose des questions.

Bien sûr, Guy n'a pas toutes les réponses, il sait juste quelques petites choses. Celles que lui a racontées Gaby. Donc, il peut dire que…

Oui, Marceline porte un lourd fardeau, mais il ne se sent pas le droit d'en parler à sa place.

Oui, il est probable qu'elle n'ait pas de famille. En tout cas, ici, c'est sûr, elle n'en a plus du tout.

C'est certainement d'avoir la charge de ses animaux qui l'a fait tenir jusque-là. Bonne idée de l'avoir menacée de les abandonner, elle va devoir réagir.

Non, maintenant ça suffit, il ne dira plus rien d'autre.

33

Tisane de thym

Elle essaye de courir, mais quelque chose l'en empêche, lui entrave les jambes, elle crie pour qu'on la lâche, il ne faut pas la retenir, sinon ce sera trop tard, elle ne pourra pas les rejoindre, et non, ça, il ne faut surtout pas, elle ne peut plus rester, c'est impossible, elle pleure, supplie, frappe, mais elle sent ses forces décliner, elle n'arrive presque plus à bouger, ça y est, elle n'a plus de forces, plus rien, même plus de voix, voilà, c'est sûrement ça, la fin. D'un coup, elle est calme, son corps ne la fait plus souffrir, il semble léger comme une plume, autour d'elle tout devient clair, un peu plus loin, elle aperçoit ses filles sur l'autre berge qui lui font signe, elles ont l'air sereines, elle leur sourit, elle va les rejoindre enfin…

— Marceline… Marceline…

C'est la voix de Guy, il l'appelle doucement.

Elle ne bouge pas. Il insiste.

— Réveillez-vous, Marceline. C'est l'heure de la tisane.

Elle ouvre les yeux. Il l'aide à se redresser et à se caler contre ses oreillers.

— J'ai fait un drôle de rêve.

— Ah ben oui, j'vous crois ! Vous avez couru et puis vous vous êtes battue et à la fin, vous avez dû réussir à arriver où vous vouliez, parce que vous avez eu l'air d'être contente et toute tranquillisée. Sportif, ce rêve-là.

Il lui tend son bol de tisane de thym.

— Buvez avant qu'elle refroidisse.

Elle obéit.

— Olenka et Danuta, c'est le nom de vos filles, c'est ça ?

Elle hoche la tête.

— Vous avez prononcé leurs noms, tout à l'heure, en dormant.

— Oui, je m'en rappelle très bien.

La fièvre est tombée et Marceline a pu enfin se lever. Ça faisait quatre jours qu'elle était couchée, ses jambes étaient en coton. Ferdinand et Guy l'ont aidée à marcher jusqu'à la fenêtre. Elle a pu voir Cornélius qui était sorti tout seul de son box et se promenait dans la cour. En l'entendant taper aux carreaux de la fenêtre, il a tourné la tête et est arrivé au petit trot.

34

Le choix de Guy

Guy a finalement décidé de s'installer dans l'ancienne chambre de Lionel, le fils aîné de Ferdinand. Il l'a quittée il y a trente ans, il en avait dix-sept. Aucun risque qu'il revienne et veuille la reprendre maintenant. Un drôle de coco, ce Lionel. De temps en temps, il appelle pour donner des nouvelles. En général, vers quatre heures du matin. Là-bas, en Australie, il est huit heures du soir, mais il oublie qu'il y a un décalage horaire. Ou peut-être qu'il s'en fout. Probable. C'est dans sa nature. Déjà, petit, il n'avait pas de copains, il aimait faire pleurer sa mère, arracher les ailes des mouches et faire croire à son petit frère qu'il était un vampire. Et puis, il est parti là-bas, très loin, pour ne plus voir personne, n'avoir aucune attache. A priori, il a trouvé ce qui lui convenait. Ni femme ni mec ni enfant, il vit tout seul au milieu de nulle part. Et il a trouvé le boulot qui va avec. Il travaille à la maintenance de la *Dingo-fence* : la clôture anti-dingos. La plus longue clôture du monde. Plus de cinq mille six cents kilomètres. Elle sert à empêcher les chiens sauvages (les dingos, justement) de s'attaquer aux troupeaux. Mais il paraît que ce n'est pas très efficace. C'est Lionel qui le dit, il doit savoir de quoi il parle. Depuis le temps qu'il la répare.

Pour aller chercher les meubles de Guy, ils ont attelé la remorque au tracteur et sorti une bâche au cas où il pleuvrait. C'est Guy qui a conduit et Ferdinand s'est assis sur le garde-boue à côté de lui. Le son du moteur, la froidure des sièges en métal, la dureté des cahots, le parfum du gasoil, ça les a ramenés quelques années en arrière. Ils n'ont pas prononcé un seul mot pendant tout le voyage. Concentrés qu'ils étaient sur le plaisir de retrouver ces sensations.

Le déménagement a été rapide. Guy ne voulait vraiment emporter que le citronnier et quelques outils de son atelier de mécanique. Mais comme Ferdinand insistait, il a choisi de prendre le lit, une table de chevet, la coiffeuse de Gaby et une commode pour ranger ses affaires. Le reste, il a décidé de le laisser.

Quand ils sont arrivés sur la place, il a coupé le moteur du tracteur et il a invité Ferdinand à venir boire un verre. Dans le restaurant, la cloche a tinté et Roland a passé la tête à la porte de la cuisine. Ça l'a drôlement surpris de les voir là. Il a crié vers l'étage :

— Mireille ! Descends vite, y'a tonton Guy et mon pa… père qui sont là !

Elle est arrivée en courant.

Ils se sont assis tous les quatre, ont bu un verre de vin blanc. Mireille était joyeuse. Elle a tout de suite remarqué la bonne mine de Guy. Il s'était remplumé en un rien de temps, évident que la vie à trois et l'air de la ferme lui faisaient beaucoup de bien. Et Roland a compris à ce moment-là que personne n'avait songé à le mettre au courant de tous ces changements. Il s'est levé, vexé, cherchant à dissimuler la douleur qui l'avait assailli dans le haut gauche de sa cage thoracique – le docteur Lubin lui a dit que c'était psychosomatique, pas de quoi s'affoler –, il a prétexté du travail en cuisine et les a laissés discuter tous les trois. Ça tombait bien, Guy voulait parler à Mireille. Comme il était presque l'heure de la sortie de l'école, Ferdinand s'est proposé pour aller chercher les enfants. Elle a accepté. C'était une première. Il a foncé.

Pendant ce temps, Guy a expliqué à Mireille qu'il voulait lui laisser sa maison.

Il n'y avait pas beaucoup de souvenirs, parce que les vrais, les grands, et ceux avec elle, de quatre à dix-huit ans, étaient restés là-bas, à la ferme. Déjà dix ans, depuis qu'ils l'avaient quittée. Alors, voilà : cette maison-ci, il n'y était pas trop attaché, elle pourrait en faire ce qu'elle voudrait. La vendre ou la louer si ça lui chantait. Mais Mireille n'a pas trouvé ça bien du tout. Elle l'a même un peu engueulé. Elle trouvait qu'il brûlait les étapes, il devait réfléchir avant de tout larguer. Et surtout, prendre le temps de tester la cohabitation. Une dizaine de jours, à peine, c'était impossible de se rendre compte de tous les problèmes avec Ferdinand et Marceline. Ils pouvaient très bien finir par lui taper sur les nerfs, et là, qu'est-ce qu'il ferait s'il n'avait plus d'endroit où aller ? Il fallait être raisonnable, quoi. Elle aussi, elle avait envie de tout plaquer, des fois. Neuf ans qu'elle était mariée à Roland. Mais elle, elle ne voulait pas se décider à la légère et ensuite regretter. D'avoir envie de se séparer, de son mari ou de ses amis, c'était un peu pareil, finalement. Ça pouvait arriver et on risquait, dans les deux cas, de se retrouver le bec dans l'eau. Il fallait réfléchir sérieusement avant de s'engager.

Guy est resté silencieux.

Après un moment, il lui a tendu les clefs de sa maison. Elle a hésité et il les a posées sur la table. Il était sûr de vouloir la lui donner, cette baraque. Ce n'était pas grand-chose, mais elle était pour elle et personne d'autre, Gaby aurait voulu aussi. C'était leur projet à eux deux. Tout ça sans prononcer un seul mot. Mireille a compris et a hoché la tête. Alors seulement, il lui a parlé de ce qu'il avait décidé pour lui-même. Il a dit qu'il ne pouvait pas vivre seul. Deux semaines, ça avait suffi. Il avait besoin d'avoir du monde autour de lui, de se sentir utile, de partager des moments. Sinon, il perdait le goût et l'envie. Donc, voilà, il avait fait son choix. Il allait vivre avec ses amis. La ferme était grande, il pouvait être indépendant et s'isoler quand il en avait besoin. Il s'était installé un atelier dans une partie de la grange et bricolait, la nuit, pendant ses insomnies. Ça lui allait très bien. Et puis, une seule maison avec plusieurs grands-parents réunis, ce ne serait pas si mal pour les enfants, aussi…

Mireille a pris les clefs de la maison, s'est penchée pour l'embrasser et lui a soufflé dans le creux de l'oreille *Merci, tonton*.

35

Bonbons, chewing-gum et langues de chat

À la sortie de l'école, quand P'tit Lu et Ludo ont vu Ferdinand attendre derrière les grilles, ils se sont précipités, lui ont sauté au cou sauvagement. Puis, ils ont réclamé un goûter. Il a dit oui sans discuter et ils ont fait un rapide crochet à la boulangerie. D'habitude, avec Mireille, ils rentraient directement ; cette fois, ils allaient en profiter au maximum. Ils ont choisi tout ce qu'elle leur interdisait. Bonbons, chewing-gums et pains au chocolat. Pendant le trajet de retour, ils ont réussi à tout engloutir et à enchaîner des tas de questions en même temps, sans laisser de place pour les réponses, évidemment. Ils voulaient savoir : si le petit Chamalo avait grandi, s'il chassait toujours les souris, quand est-ce qu'ils pourraient aller chez lui, les vacances de Noël ça commençait bientôt, est-ce qu'il savait quels cadeaux ils auraient, et que leurs parents allaient bientôt divorcer ? Là, il y a eu un blanc et Ludo a senti qu'il devait ajouter quelque chose, il a donc sorti son chewing-gum de la bouche pour expliquer, avec le léger sourire de satisfaction de celui qui sait quelque chose que les autres ne savent pas, que ce n'était pas complètement sûr, évidemment, mais il y avait de grandes chances, puisque Mireille et Roland s'engueulaient tous les jours maintenant. Aussitôt la phrase terminée, il a remis l'énorme chewing-gum dans sa bouche, a recommencé à le mâcher consciencieusement et Ferdinand a simplement dit Ah bon.

Un peu plus loin, il leur a montré en passant le magasin fermé des sœurs Lumière et la maison où elles vivaient. Bien sûr, P'tit Lu a voulu savoir pourquoi elles s'appelaient comme ça et aussi pourquoi ils ne s'arrêtaient pas pour leur dire bonjour puisqu'ils les connaissaient, et est-ce que c'était des cousines de la famille ou pas. Ferdinand a levé les yeux au ciel, légèrement exaspéré par toutes ces questions, et, sans faire de commentaire, il est allé frapper. Personne n'a ouvert. En collant son oreille contre la porte, il a entendu des chuchotements. Pour tranquilliser les deux vieilles, il a crié son nom. Simone a ouvert et s'est tournée vers l'intérieur : Ça va, Hortense ! Tu peux ranger le fusil, c'est Ferdinand et ses petits qui passent dire bonjour.

Ils sont entrés et elles se sont toutes les deux extasiées devant les enfants : ce qu'ils étaient beaux et qu'est-ce qu'ils avaient grandi, nom d'un chien, ça passe vite, le temps, crotte de bique ! Ça ne faisait qu'une quinzaine de jours depuis la dernière fois qu'elles les avaient vus, après l'enterrement de Gaby, mais elles ne se le rappelaient plus, ni l'une ni l'autre.

Et puis Hortense les a invités à la suivre jusqu'au garde-manger, leur a sorti une grosse boîte en métal, en roulant des yeux gourmands, pendant que Ferdinand cuisinait Simone à voix basse sur le pourquoi du comment du fusil. Les enfants n'avaient plus faim, mais Hortense a insisté, elle voulait qu'ils prennent plusieurs gâteaux différents. Allez, allez, soyez pas timides, prenez-en autant que vous voulez, ils vont finir par se gâter, sinon. Ils en ont pris deux chacun poliment et Ludo a croqué dans une langue de chat, mais il l'a tout de suite recrachée, elle était rance. Pour éviter à son petit frère la même expérience, il lui a envoyé un coup de coude dans les côtes. Mais P'tit Lu n'a pas compris, il a crié Aïe, a cherché à lui rendre le coup. Ludo a esquivé et a réussi à lui glisser à l'oreille, en passant, que les gâteaux étaient pourris et P'tit Lu s'est calmé très vite. Hortense a rejoint les deux autres pour papoter, ils en ont profité pour se rapprocher de la cage aux perruches et faire glisser les vieux gâteaux à travers les barreaux pour s'en débarrasser discrètement.

En rentrant dans le restaurant, ils ont vu Guy, assis de dos, qui parlait avec leur maman. Ils ont hésité à s'approcher. La dernière fois qu'ils étaient allés chez lui, ils avaient eu drôlement la trouille. Il ressemblait comme deux gouttes d'eau au croque-mort dans Lucky Luke et, en plus, il sentait hyper mauvais. Depuis que Gaby était morte, on aurait dit qu'il ne voulait plus jamais se laver. Même pas les pieds, peut-être ! Mireille leur a expliqué que c'était normal, ça arrivait des fois que les gens se laissent aller complètement quand ils étaient malheureux. Mais que ça passait, au bout d'un moment. Là, il avait l'air normal. Propre, rasé et l'air content. Ils ont fini par se jeter sur lui et l'embrasser sauvagement. Mireille a souri, puis elle a regardé l'horloge, il était cinq heures. Pour faire le trajet entre l'école et le restaurant, il fallait trois minutes, ils avaient pris une demi-heure. Ferdinand lui a expliqué qu'ils s'étaient arrêtés pour saluer les sœurs Lumière et ça avait duré plus longtemps que prévu, désolé. Il a fait remarquer à Guy, en passant, qu'ils devraient bientôt partir. Avec le tracteur, ce n'était pas prudent de rouler de nuit.

Et il est entré dans la cuisine, pour dire au revoir à Roland.

— On va y aller…

— OK.

— Sinon, ça va, toi ?

— Ça va, ça va.

— Le restaurant ?

— Ça va.

— Les enfants ?

— Pas de problème.

— Mireille ?

— Très bien.

— Bon.

Il a hésité.

— Ce serait gentil si vous veniez tous déjeuner à la maison un de ces jours.

— Oui, pourquoi pas…

— Dimanche ?

— Vois avec Mireille.

— Bon, ben alors… à bientôt ?

— Oui, à bientôt, p'pa.

Roland s'est mordu la lèvre.

— C'est pas grave, fiston. Ça ne me dérange pas que tu m'appelles comme ça, finalement.

36

La peur bleue des sœurs Lumière

Ferdinand passe un coup d'éponge sur la table avant de mettre le couvert, va chercher du vin à la cave, Marceline recharge le poêle, balaye les bouts d'écorce qui sont tombés par terre et Guy prépare le dîner. C'est son tour. Il a choisi de faire des spaghettis, sa grande spécialité. C'est aussi celle de Ferdinand, il y a de la rivalité dans l'air. Évidemment, ils demandent à Marceline de les départager. Ça ressemble de plus en plus à une compétition, elle ne trouve pas ça amusant et refuse.

C'est peut-être le problème d'être trois, ils se disent chacun de leur côté sans se concerter.

En attendant, les spaghettis de Guy, à l'ail et aux cèpes séchés, frisent la perfection. Ferdinand va devoir s'accrocher.

À la fin du repas, ils enfilent leurs manteaux, écharpes et bonnets, vont voir Cornélius, lui souhaitent bonne nuit. Puis ils s'asseyent dehors sur le banc, celui appuyé au mur, avec son petit auvent juste au-dessus, censé protéger des ondées, mais qui y réussit à peine. Ce soir, c'est tranquille, il ne pleut pas. Les deux bonshommes sirotent leur café en fumant une pipe et Marceline boit une tisane, son estomac est encore un peu fragile depuis qu'elle a eu la grippe. Après un petit moment, Ferdinand se décide à raconter la visite chez les sœurs Lumière. Au début, il parle calmement, et petit à petit, beaucoup moins. Il dit la peur qu'elles ont eu d'ouvrir la porte, le fusil descendu du grenier et les tergiversations de Simone pour éviter de répondre à ses questions. Pourquoi le fusil ? Qu'est-ce qu'elles comptaient faire avec ? Elles avaient peur de quoi, de qui ? Normal qu'il demande, n'est-ce pas ? Marceline et Guy hochent la tête. Et puis, d'un coup, Simone qui se décide et qui lâche tout d'un bloc. C'est le neveu d'Hortense, il veut récupérer la maison pour la revendre. Il a un peu le droit, elle l'a mis sur son testament, mais normalement, il doit attendre leur décès à toutes les deux. Devant le notaire, il était d'accord et c'est ce qui a été convenu. Sauf que, maintenant, comme il est pressé, il dit avoir signé des papiers pour qu'Hortense soit internée, à cause de ses problèmes de mémoire, il emploie bien le mot Alzheimer, pour les terroriser complètement. Et, bien entendu, ce n'est plus qu'une question de jours avant qu'ils viennent la chercher, donc Simone va devoir se magner le cul pour trouver un endroit où crécher, si elle ne veut pas finir à la rue ! Texto ce qu'il leur a dit, le p'tit con.

Le problème, c'est qu'elles ont cru tout ce qu'il a dit. Impossible de les faire changer d'idée.

Après un long silence, Ferdinand ajoute qu'elles préféreront mourir que d'être séparées, ça ne fait pas un pli. Guy est d'accord avec lui.

Pour éclairer la lanterne de Marceline, qui les connaît à peine, ils résument. Les sœurs Lumière ne sont pas vraiment sœurs. Elles portent le même nom, simplement parce qu'Hortense a été mariée au frère de Simone. C'était au tout début de la guerre, ils se sont rencontrés, se sont enflammés, et ont réussi à convaincre le maire du village de les marier quelques jours plus tard. Malheureusement, le lendemain de ses noces, en rejoignant son régiment, le pauvre Octave a sauté sur une mine. Ses parents sont morts de chagrin et Hortense s'est retrouvée seule avec Simone, sa belle-sœur, qui n'avait alors que quinze ou seize ans. Elle en avait à peine vingt-trois. Et voilà, elles ne se sont plus quittées depuis. Elles ont ouvert un magasin d'électricité, l'ont appelé *Le Comptoir électrique des sœurs Lumière*. Avec un nom pareil, c'était presque obligé. En dehors des fournitures classiques – câbles, prises, gaines, interrupteurs, etc. – elles se sont fait une spécialité : les lampes de chevet et les veilleuses. Simone dessinait les modèles, Hortense les fabriquait. Celles que Gaby préférait, c'était les manèges qui tournent avec la chaleur des ampoules à filament. Très poétiques. Elle allait chez elles, quelquefois, rien que pour les regarder tourner. L'année dernière, elles ont fermé le magasin.

Ça va faire soixante-dix ans qu'elles vivent ensemble. Noces de platine, a dit Marceline, impressionnée.

La pluie commence à tomber, ils rentrent en courant. Ferdinand rajoute des bûches dans le poêle, Guy lave les tasses dans l'évier, Marceline met des haricots secs à tremper pour le repas du lendemain. Et puis… ils essayent d'imaginer comment ils s'organiseraient s'ils étaient cinq. Font le tour de la maison, se disent qu'il reste beaucoup de place. Rien n'empêcherait, vraiment.

Ils s'arrêtent au pied de l'escalier, ils ont encore besoin de parler. Elles vont peut-être être difficiles à convaincre ? Pas comme eux deux, finalement. Plus vieilles, moins souples. Hortense, quatre-vingt-quinze, Simone, quatre-vingt-huit ? Elles pourraient être leurs mères à tous les trois ! Ah mais, c'est amusant, ça… Elles doivent être très attachées à leur maison, depuis le temps qu'elles y habitent. Ça va poser un problème. Quoi qu'il en soit, ils ne peuvent pas les laisser dans cette situation, ce serait… de la non-assistance à personnes en danger ! Oui, oui, c'est vrai. Allez, ça ne va pas être de la tarte, c'est tout.

Ferdinand sent qu'il va passer la nuit à gamberger, à chercher les mots justes, à aiguiser ses arguments. Marceline et Guy, eux, sont confiants. Mais ils sont bien placés pour savoir qu'il est doué.

Ils se souhaitent bonne nuit, Marceline et Ferdinand rejoignent chacun leur chambre et Guy enfile son manteau. Avant de sortir, il prend quelques braises dans le poêle, les met dans un seau. Berthe l'accompagne, comme tous les soirs. En entrant dans l'atelier, ils frissonnent en même temps, le thermomètre affiche 4 °C. Il met les braises dans le brasero, l'approche le plus près possible de l'établi. Berthe se couche en boule à côté de lui, sur un tas de sacs en toile de jute, et Guy se met au travail. Il a deux vélos à retaper avant la fin de la semaine. Plusieurs nuits de travail d'affilée. Juste la pression qu'il lui faut pour se bouger.

Dans son lit, Ferdinand regarde le plafond, le ronron du petit Chamalo dans le creux de l'oreille. Pour l'instant, ça ne l'aide pas à dormir, il pense à demain.

Qu'est-ce qu'il va bien pouvoir dire ? Avec quels mots ? Et comment, surtout ?

Il a le trac, le pauvre vieux.

37

Trois + deux

Ferdinand a été surpris par la vitesse avec laquelle tout s'est passé. Après trois phrases à peine, Simone s'est levée, a attrapé Hortense par la manche, l'a entraînée dans la chambre. Il les a entendues chuchoter, ça a duré moins d'une minute, elles sont revenues un peu tremblantes et les yeux embués, l'ont serré, l'une après l'autre, dans leurs bras. Le neveu était revenu la veille, après que lui et les petits étaient partis, et les avait complètement terrorisées. Elles avaient passé une sale nuit. En commençant par pleurer leurs deux perruches retrouvées mortes au fond de la cage, les quatre fers en l'air et le ventre tout gonflé, une mort complètement inexpliquée, et ensuite, à planifier leur départ, le grand, le définitif, avec doses de somnifères adéquates sur chacune de leurs tables de nuit. Dans l'ordre, elles avaient prévu de passer la journée à faire le grand ménage, ayant à cœur de laisser la maison impeccable. Que personne ne puisse les accuser, une fois parties, d'être des souillons. Ah, ça non ! Jamais de la vie. En fin de journée, elles pensaient écrire un petit mot à l'intention de ceux que ça intéresserait de connaître les raisons. Et pour dîner, elles avaient choisi le menu. Entrée, plat, dessert : que des pâtisseries ! Éclairs au café, polonaises et babas au rhum. Le diabète et l'autre saloperie de cholestérol pouvaient bien aller au diable, elles ne se refuseraient rien aujourd'hui ! Ensuite, seulement, elles seraient allées se coucher – vers huit heures et demie, à moins de tomber sur un bon film ou un documentaire intéressant à la télé –, se seraient dit bye-bye et quelque chose comme : *Avec un peu de chance et une grosse erreur d'aiguillage, on risque de se retrouver au paradis, chérie*, histoire de rire ensemble une dernière fois, et une heure plus tard, normalement, ç'aurait été fini. La proposition de Ferdinand arrivait donc comme… une bouée de sauvetage, une oasis dans le désert, une lumière au bout du tunnel ? Un répit, en tout cas. Elles ont dit oui.

Pour commencer, il les a emmenées à la ferme. Il pleuvait des cordes quand ils sont arrivés. Mais leurs mises en pli n'ont pas souffert, parce que Marceline et Guy les attendaient dehors et les ont escortées jusqu'à la maison avec des parapluies. Dès qu'elle a été installée près du poêle, Hortense s'est endormie. Tous ces changements dans leur routine, la fatigue et les émotions accumulées des derniers jours l'avaient lessivée. Elle a piqué du nez dans sa tasse de café. Simone a haussé les épaules en disant de ne pas faire attention, ça lui arrivait souvent, mais ça ne durait pas long. Effectivement, un quart d'heure plus tard, elle s'est réveillée en sursaut. Après avoir regardé autour d'elle, en faisant des sourires et en hochant la tête en signe d'approbation, elle s'est penchée vers Simone et lui a fait remarquer en chuchotant, mais assez fort pour être entendue de tous, que ces jeunes gens étaient charmants et extrêmement polis, il fallait bien qu'elle le reconnaisse. Simone a levé les yeux au ciel, agacée, lui a dit d'arrêter de dire des bêtises. Et Hortense a ronchonné que ce serait vraiment formidable si elle arrivait, un jour, à admettre qu'elle pouvait avoir tort. Nom de dieu, Simone ! Les jeunes d'aujourd'hui, il y en a des biens, c'est pourtant pas compliqué à comprendre !

Ça devait faire une petite vingtaine d'années qu'elles étaient venues à la ferme rendre visite aux parents de Ferdinand, elles n'ont rien reconnu.

Après avoir fait le tour, elles ont choisi deux petites pièces contiguës, au rez-de-chaussée, c'était pratique pour Hortense qui ne pouvait plus monter les escaliers, ses genoux la faisaient trop souffrir, au point de ne pas pouvoir se lever de sa chaise roulante, certains jours. Dans l'une des pièces, elles ont décidé d'installer leur chambre et dans l'autre, un petit salon, pour pouvoir s'isoler, au cas où. Ferdinand, Guy et Marceline ont trouvé qu'elles avaient raison. C'était plus prudent.

Il fallait maintenant s'occuper du déménagement.

Elles sont parties devant avec Ferdinand, préparer les sacs et les cartons. Guy a attelé la remorque au tracteur et Marceline s'est assise à côté de lui sur le garde-boue. Elle n'avait pas l'habitude. Le son du moteur, la froidure des sièges en métal, la dureté des cahots, le parfum du gasoil lui ont rapidement donné mal au cœur. Ils n'ont pas prononcé un seul mot pendant tout le voyage. Concentrés qu'ils étaient, elle, à ne pas vomir, et lui, à savourer toutes ces sensations qui l'emmenaient, à chaque fois, faire un petit tour dans le passé.

Le choix était difficile et Hortense et Simone trop excitées par tout ce ramdam. Ça ne leur était jamais arrivé avant de devoir déménager. Pas depuis les soixante-dix dernières années, en tout cas. Ferdinand leur a proposé de faire les choses en plusieurs fois, mais ça ne les a pas calmées, au contraire. Elles se sont mises dans un coin pour chuchoter et en revenant, elles lui ont avoué avoir très peur que le neveu repasse pendant leur absence et mette le feu à leurs affaires. Une fois de plus, il a tenté d'expliquer que personne n'avait le droit de rentrer chez elles sans leur permission, qu'on pouvait l'en empêcher, elles ne l'ont pas écouté. Elles allaient faire leur choix, c'est tout. Il y avait encore quelques heures, elles étaient prêtes à faire le grand saut sans rien emporter ! Alors, hein, elles étaient assez grandes pour arriver à faire le tri ! Elles ne prendraient que le strict minimum, il allait être surpris.

Le terme *minimum* n'était pas le plus approprié pour qualifier ce qu'elles ont finalement décidé d'emporter. Avec autant d'années accumulées – et en multipliant par deux –, ça faisait forcément beaucoup. Ferdinand, Guy et Marceline se sont retenus de rire. Il y avait de quoi remplir quatre remorques bourrées à craquer ! Ils ont chargé en priorité tout ce qui concernait la chambre et le salon et quand ils sont revenus pour un deuxième voyage, elles avaient changé d'avis et il ne restait plus que quelques babioles, une malle de fournitures électriques et la chaise roulante. Quand elle a été chargée, Hortense, en imperméable et bottes de caoutchouc, a insisté pour qu'ils l'aident à monter sur la remorque, malgré les cris et récriminations de Simone. Elle voulait faire le voyage là-haut, assise dans sa chaise, pour voir défiler le paysage, admirer le panorama, comme quand elle était petite, dans la carriole de ses parents. Simone s'est fâchée. Mais elle lui a répondu qu'elle n'avait pas peur d'elle ! Qu'elle ferait ce qu'elle voudrait. Un point c'est tout !

Ils se sont mis à trois pour la hisser. Et Simone s'est bouché les oreilles en murmurant : *Ça y est, elle recommence à débloquer*, quand elle s'est mise à chanter à tue-tête : *Aïm ségué aine ze rêne, aïm ségué aine ze rêne, ouate e biou tifoul fi léne, aïm rapi e gaine...* Un hommage au film qu'elle ne ratait sous aucun prétexte quand il passait à la télé, au moment de Noël. Elle n'avait jamais très bien compris l'histoire, ni ce qu'ils baragouinaient dans leurs chansons, mais ça lui plaisait bien que des gens se mettent à danser et à chanter sous la pluie en ayant l'air content. Elle trouvait ça épatant. On voyait jamais personne faire ça dans la vraie vie. À part les enfants. Et encore, fallait pas que les parents soient dans les parages...

Guy a démarré le tracteur.

Et Hortense a crié : En voiture, Simone ! On change de crémerie !

Pendant tout le reste du voyage, elles n'ont pas prononcé un seul mot. Concentrées qu'elles étaient, Simone, à l'abri dans la voiture de Ferdinand, à essayer de ne pas pleurer en pensant à tout ce qu'elle laissait derrière elle, et Hortense, sur la remorque battue par le vent et la pluie, à savourer ce petit tour dans le passé, quatre-vingt-dix années en arrière, comme si c'était hier et qu'elle avait cinq ans.

38

Rêve d'eau

Ludo se lève, marche sur la pointe des pieds, se penche au-dessus de P'tit Lu couché dans son lit, chuchote.

— Pourquoi tu pleures ?

— J'veux voir maman.

— Elle travaille.

— J'veux la voir quand même.

— Dis-moi d'abord pourquoi tu pleures.

— J'ai fait pipi.

— C'est juste pour lui dire ça que tu veux la voir ?

— Mon pyjama est tout mouillé.

— Y en a d'autres dans le tiroir. Tiens, mets çui-là.

— Les draps aussi, ils sont mouillés.

— T'as encore envie de pisser ?

— Non. Mais dis, Ludo, c'est un gros mot, « pisser » ?

— Ouais.

— Ah.

P'tit Lu est ravi.

— T'es vraiment sûr de plus avoir envie ?

— J'ai tout fait dans mon lit.

— Alors ça va, tu peux venir dormir avec moi.

Ils se couchent côte à côte. P'tit Lu est content.

Dans le noir, il sourit au plafond.

— Eh Ludo, tu sais pourquoi j'ai pas pu me retenir ?

— Non.

— Parce que dans mon rêve, j'étais dans la mer, et l'eau elle était tiède, et j'avais même pas besoin de bouée parce que je savais nager, avec la tête sous l'eau, et j'avais les yeux qui voyaient tout normal, et j'arrivais à nager comme les gros poissons et je jouais avec eux, ils étaient drôlement gentils, c'était comme des meilleurs copains on aurait dit, et puis après, je sais pas pourquoi, j'ai boivu trop d'eau, je crois, et j'ai fait pipi dans l'eau.

— J'connais. À la piscine aussi, ça me fait ça, des fois.

Après un moment.

— Ludo ?

— Mmmm…

— Tu dors ?

— Mmmpresque.

— Eh ben, tu sais, dans le rêve, y avait aussi tata Gaby. Elle nageait avec moi et on jouait tous les deux avec les gros poissons.

— Ah bon ?

— Ouais.

— Et elle t'a parlé ?

— Un peu.

— Qu'est-ce qu'elle t'a dit ?

— Je sais plus…

— Essaye de te rappeler !

— C'était dans mon rêve… j'essaye, mais j'arrive pas…

Ludo se tourne brusquement, enfouit sa tête sous les draps, murmure…

— C'est nul.

Le cœur en mille morceaux.

39

Le cœur d'Hortense est fatigué

Hortense est alitée depuis leur arrivée à la ferme. Le rhume est descendu dans la poitrine, elle a du mal à respirer. Gérard est passé la veille, il a dit que s'il n'y avait pas d'amélioration dans les quarante-huit heures, il allait être obligé de la faire hospitaliser. En attendant, il lui a prescrit un traitement, dont des piqûres, matin et soir. Ils vont devoir faire venir une infirmière, ou s'en occuper eux-mêmes, ce n'est pas la mer à boire. Avant de partir, il a préféré être clair : même s'il y a un mieux, il ne faut pas rêver, ce ne sera que passager. Le cœur d'Hortense est fatigué.

Entre les soins à donner, la nouvelle maison et tous ces bouleversements, Simone est à fleur de peau. Ce matin, Guy s'est proposé pour la première piqûre. Elle lui a bien expliqué qu'il risquait de se faire envoyer sur les roses. Hortense était particulièrement douillette, de plus, elle avait la phobie des aiguilles. Effectivement, ça ne s'est pas bien passé. Elle a commencé par pleurer, a voulu négocier, puis très vite, elle s'est mise à l'insulter, et quand enfin, il s'est approché avec la seringue, elle a essayé de le frapper. Il a planté l'aiguille comme il a pu, un peu n'importe où, n'importe comment, elle a appelé Simone au secours, l'a suppliée de ne pas la laisser seule avec ce monstre qui avait tenté de l'assassiner lâchement ! Quelques minutes plus tard, l'hématome provoqué par l'injection avait gagné toute sa jambe. Simone s'est affolée, a traité Guy de psychopathe.

Vexé, il a décidé de laisser les autres se dépatouiller avec elles deux et de se plonger dans l'élaboration d'un planning. Donc, là, il quadrille avec application une feuille de papier, tire des traits, fait des colonnes pour les horaires, les médicaments à donner à Hortense, la température à prendre… Et il choisit d'y mettre un titre : Organivioc, ce n'est pas très joli, mais c'est sa petite revanche et ça le fait doucement rigoler. Pendant ce temps, Ferdinand prépare le thé et le café du petit déjeuner en se demandant si ce n'était pas une connerie de les avoir ramenées ici, les deux petites vieilles. C'est une grosse responsabilité, il n'avait pas du tout envisagé autant de problèmes de santé. Il s'en mord les doigts.

L'ambiance est lourde, ils sirotent leur café et leur thé en réfléchissant au problème. Les deux chats et la chienne sentent que ce n'est pas le moment de réclamer les restes du petit déjeuner. Ils se tiennent tranquilles près du poêle. Les deux chats regardent la pluie tomber derrière les carreaux, Berthe, elle, bâille, se laisse doucement glisser sur le carrelage et, de là, dans un sommeil léger. Elle rêve qu'elle se promène, c'est l'été, il fait chaud… Soudain, elle voit quelque chose bouger dans les hautes herbes, là-bas, au loin, elle se met à courir, sa respiration accélère, elle pousse des gémissements. Mo-je, agacé, décide d'aller faire un tour au grenier, lui saute sur le dos en plantant bien ses griffes au passage, Chamalo fait pareil.

Et puis, Guy, Marceline et Ferdinand relèvent la tête en même temps. Ils ont une idée. Peut-être la même ? Mais, chacun de leur côté, ils décident de ne pas en parler pour l'instant aux deux autres. Ils préfèrent se laisser la journée pour réfléchir, approfondir, peser le pour et le contre, trouver des arguments, avant. Ne pas se précipiter, il y a déjà assez de catastrophes comme ça.

Vers onze heures, Marceline revient du potager, cherche les deux hommes pour leur exposer son plan, mais ils sont introuvables. Elle change l'eau des haricots, les met à cuire avec une pincée de bicarbonate (pour éviter les ballonnements) et va frapper à la porte des sœurs Lumière. Simone est ravie de la voir arriver. Elle lui chuchote à l'oreille qu'Hortense s'est enfin endormie et profite de sa visite pour filer aux vécés. Elle aime prendre son temps au petit endroit, écouter la radio, faire des mots croisés, c'est sa récréation de la journée. Au bout d'un quart d'heure, comme elle ne revient pas, Marceline sort de la chambre sur la pointe des pieds, laisse la porte ouverte, au cas où Hortense se réveillerait, et retourne dans la cuisine. Elle jette un œil au planning *Organivioc* punaisé sur la porte : Guy l'a inscrite pour la garde de quatre à six. Ça ne l'arrange pas, elle échange son horaire avec celui de Ferdinand.

Avant midi, il téléphone pour prévenir que ce n'est pas la peine de les attendre, lui et Guy ont rencontré des copains au café, ils vont déjeuner tous ensemble. Très bien. Simone est déjà installée devant son assiette, elle a une faim de loup. Entre deux bouchées, elle dit à Marceline qu'Hortense aimerait bien qu'elles prennent le café dans sa chambre, elle veut leur parler de choses importantes. Marceline lui demande si elle sait de quoi. Simone répond un peu sèchement qu'elle verra bien. Elle déteste parler la bouche pleine. C'est dangereux, elle pourrait avaler de travers et s'étouffer. Ce serait le bouquet !

Hortense s'arrête entre chaque mot pour reprendre sa respiration, c'est éprouvant. Pour la soulager, Simone complète ses fins de phrases, ajoute des commentaires. Elle essaye de dire que… c'est très gentil de les avoir accueillies ici, toutes les deux. Ben oui, c'est pas tout le monde qui aurait fait une chose pareille, c'est sûr. Et puis aussi… qu'elle ne se fait pas d'illusions sur sa santé, mais si ça s'aggravait, elle veut être sûre qu'ils aideront Simone à prendre la décision de l'env… Les derniers mots sont noyés dans une quinte de toux terrible et Simone, cette fois, ne l'aide pas à terminer. De toute façon, elles ont compris, elle préférerait finir à l'hôpital. Les larmes aux yeux, Simone l'embrasse sur le front.

— Oui, oui, mon Hortense. On fera comme tu as dit. Mais, maintenant, il faut que tu te reposes, c'est pas encore ton heure. Sinon, j'le saurais, va.

À deux heures, Marceline prend son tour de garde. Simone va pouvoir aller faire une sieste.

Ou passer du temps aux vécés à faire des mots croisés, si elle préfère...

40

Muriel a un coup de pompe

La prof s'est retournée en fronçant les sourcils, soupçonneuse. Les élèves ont continué à travailler comme si de rien n'était et Muriel s'est pincé les lèvres en rentrant la tête dans les épaules. C'était la troisième fois cette semaine qu'elle oubliait d'éteindre son portable pendant les heures de cours. Si la prof découvrait que c'était encore le sien qui avait bipé, elle était capable de la virer. Ses résultats n'étaient déjà pas terribles-terribles, ce serait… la fin des haricots. Il ne lui restait plus qu'à espérer que l'imbécile qui venait de lui envoyer le message n'ait pas, en plus, la mauvaise idée de la rappeler maintenant pour vérifier qu'elle l'avait bien reçu !

Elle a attendu la pause déjeuner pour jeter un œil. C'était un texto de Mireille, la patronne du restaurant. Elle lui proposait du boulot : demain, samedi, de deux heures à très tard. RSVP urgent. Sûrement comme la dernière fois, un coup de deux heures du mat, s'est dit Muriel. Dommage, elle était crevée. Il n'y avait pas spécialement de raisons, mais elle avait juste envie de pioncer sans arrêt, en ce moment. Ça la prenait même pendant les cours. Alors, ce week-end, le dernier avant de devoir rendre la chambre au proprio, elle avait prévu d'en profiter pour ne rien faire du tout. Rester couchée, buller, écouter de la musique, dormir, surtout pas ouvrir de cahiers, rien glander. Mais elle avait besoin de fric et elle devait chercher une nouvelle piaule, si elle ne voulait pas finir à la rue. Putain. Plus qu'une semaine avant les vacances de Noël. Si elle ne trouvait pas, là, c'était grave la merde. Elle a tapé sa réponse sur le portable : C OK pour 2m1 merci Muriel. Et elle est passée faire un tour à l'agence immobilière. Il était midi et demi passé, il y avait une pancarte sur la porte : *Votre agent est actuellement en visite, veuillez passer après 14 heures*. Elle l'a imaginé assis à table avec sa femme en train de déjeuner en regardant les infos à la télé, ça l'a énervée et elle est retournée à l'école. En passant devant la boulangerie, elle a ralenti pour profiter de l'odeur de pain frais, mais ne s'est pas arrêtée. Ça ne valait pas la peine de vérifier encore une fois si de la monnaie ne se serait pas égarée au fond de son sac ou par le trou dans la doublure. Elle avait déjà bien cherché la veille et n'avait rien trouvé.

Quand elle s'est réveillée, un peu plus tard, elle était allongée sur le lit de l'infirmerie et ne savait pas comment elle y avait atterri. Et puis, d'un coup, elle s'est rappelée. Elle a revu la tête de Louise, penchée au-dessus d'elle, qui lui demandait avec un air inquiet si ça allait... *Muriel ? Ça va ? Ah lala, t'es drôlement pâle, ma pauvre vieille. Madame, venez vite, y'a Mu...*

et paf ! le trou noir. Plus de son, plus d'image. L'infirmière lui a apporté un verre d'eau sucrée, l'a aidée à se relever pour boire, ça lui a fait du bien. Ensuite, elle lui a repris sa tension – 8-5, ça remontait doucement – en posant quelques questions. Est-ce que ça lui était déjà arrivé de tomber dans les pommes ? Jamais. Avait-elle des soucis particuliers en ce moment ? Rien de spécial. Est-ce qu'elle était enceinte ? Ben non ! Est-ce qu'elle mangeait régulièrement ? Muriel a éludé la question et a essayé de se lever. Mais des étoiles se sont mises à danser devant ses yeux, elle s'est rallongée aussitôt. L'infirmière a soupiré. Elle a fait le tour de son bureau, a farfouillé dans un tiroir, en a sorti une barre de céréales – qu'elle y avait mise exprès pour son petit creux du milieu d'après-midi – et la lui a tendue avec regret. Muriel l'a engloutie sans presque mâcher, l'a remerciée avec un grand sourire. Ça allait nettement mieux, elle a pu rejoindre sa classe au pas de course.

Elle ne voulait pas rater le cours pratique sur les injections, perfusions, prises de sang, administrations des traitements… Ça faisait trop longtemps qu'elle attendait ce moment-là.

41

Sortie d'école

À quatre heures moins cinq, le téléphone s'est mis à sonner et Simone n'est pas allée décrocher. Elle regardait une série à la télé et avait mis le casque, elle n'a pas entendu la sonnerie et c'est Marceline qui a dû courir répondre. Mireille voulait parler à Guy ou à Ferdinand. Ils n'étaient pas rentrés ? Tant pis, elle allait lui expliquer. Roland et elle s'étaient engueulés. Mais là, c'était grave, bien plus grave que les fois précédentes. Donc, elle aurait bien voulu que quelqu'un vienne prendre les Lulus à la sortie de l'école, à quatre heures et demie, et les emmène à la ferme pour passer le week-end. Ça leur éviterait d'avoir à assister à leurs disputes et de finir traumatisés ! Mais il y avait aussi une autre raison. On leur avait demandé, au pied levé, de préparer un repas d'anniversaire pour le lendemain soir, une soixantaine de couverts, ça allait finir tard, les petits seraient bien mieux chez eux de toute façon. Elle, elle était forcée de rester, pour le travail, mais ça la faisait drôlement chier… Oh, pardon !

Marceline l'a rassurée, elle avait prévu d'aller en ville, elle allait se dépêcher de se préparer et passerait prendre les enfants.

Elle a fait le compte-rendu de sa garde en quelques phrases : Hortense avait fini par prendre tous ses remèdes, bu sa tisane, fait son inhalation sans trop râler et avait même accepté de se laisser masser les jambes pour éviter les escarres. Sa température avait un peu baissé, c'était bon signe. Là, elle dormait. Elle allait pouvoir regarder la fin de l'épisode tranquillement – mais sans le casque, n'est-ce pas, Simone ? – et après, elle aurait peut-être même le temps d'attaquer une grille de mots croisés ou un petit Sudoku niveau 6, histoire de remuer ses pauvres neurones englués par toute cette guimauve. Simone a rigolé tout en gardant les yeux scotchés sur l'écran.

Il ne fallait pas qu'elle traîne. Après s'être habillée chaudement, Marceline a enfilé son ciré et ses bottes. Cornélius était au fond du jardin. Quand il l'a entendue appeler, il est arrivé au galop, en piétinant au passage les derniers poireaux de Ferdinand. Elle l'a attelé à la charrette, en marmonnant qu'elle n'était pas d'accord avec cette façon de se comporter, c'était honteux, vraiment, de gâcher tous ces beaux légumes. Il a hoché la tête, mais elle n'a pas trouvé ça drôle. Alors il a frotté sa tête contre son épaule et là, elle a souri. Dès qu'il a été prêt, Berthe est montée à côté d'elle et ils ont démarré sur les chapeaux de roue.

Mireille l'attendait devant l'école avec les enfants. Elle avait rempli un cabas à roulettes avec des vêtements, des jouets, des livres et suffisamment de nourriture pour tenir un siège. Ludo et P'tit Lu étaient très excités. Ils ont tendu le trognon de pomme de leur goûter à Cornélius, qui, sans même attendre leurs questions, s'est mis à hocher la tête affirmativement. Ça a troublé P'tit Lu. Mais comme Ludo ne semblait pas trouver ça bizarre, il a balayé le doute.

— On dirait vraiment que tu adores les pommes, hein, Cornélius ? Tu es content de nous voir, alors ? Tu veux bien nous emmener dans la charrette ? Mais t'as vu, on a le gros sac, les cartables et nous, en plus. Ça va pas être trop lourd pour toi ?

La réponse est tombée comme un couperet.

— Mince, t'as vu, Ludo, il dit qu'on est trop lourd.

— Mais non, regarde. Cornélius, tu blagues, c'est ça ?… Ah, tu vois.

Et P'tit Lu a soupiré.

Après les avoir embrassés et avoir énuméré ses recommandations : faire les devoirs, ne pas dire de gros mots, se brosser les dents matin et soir, au fait, aucun bonbon de tout le week-end, OK ?, demander à Marceline une leçon de solfège – excusez-moi, j'ai oublié de vous en parler, ça ne vous dérange pas ? c'est gentil –, Mireille a filé, elle avait des tas de choses à organiser au restaurant. Et Marceline a démarré. Mais elle n'a pas pris la route qui mène à la ferme. Elle s'est arrêtée près d'un grand bâtiment et a expliqué aux enfants qu'elle devait parler à quelqu'un, elle ne savait pas à qui, mais elle allait voir, ce ne serait pas long, quoi. C'est P'tit Lu qui a repéré en premier la voiture garée plus loin, avec Guy et Ferdinand qui attendaient à l'intérieur. Ça les a bien fait rire de les voir sursauter quand ils ont tapé aux carreaux en criant HOU !

Ils n'ont même pas eu le temps d'expliquer la raison de leur présence, parce que, très vite, les portes du bâtiment devant lequel ils se trouvaient se sont ouvertes et une nuée d'étudiants est sortie en courant et en criant dans la rue. Ludo a tout de suite reconnu Muriel et Louise, les filles qui étaient venues travailler au restaurant le jour du banquet. Elles étaient très gentilles et très jolies et il avait adoré leur parfum, il voulait absolument aller leur dire bonjour. Marceline et Ferdinand l'ont suivi. En le voyant approcher, Louise s'est mise à rire.

— Oh, regarde, Muriel, c'est le fils à la patronne du restaurant ! Qu'est-ce que tu trafiques dans le coin ? Tu fais la sortie des écoles d'infirmières pour te trouver une fiancée, c'est ça ? T'es un petit futé, toi.

Ludo a baissé la tête en murmurant *Pouffiasse* et Muriel s'en est mêlée.

— Fais pas attention, elle est un peu bêbête, mais c'est pas sa faute, elle est en attente d'une greffe de cerveau ! Sur la liste prioritaire !

Elles se sont esclaffées et Ludo est parti en courant vers la voiture, vexé, laissant Marceline et Ferdinand plantés au milieu des jeunes gens. Chacun de leur côté, ils se sont dit que leur idée n'était peut-être pas si bonne, au fond, ils allaient peut-être devoir procéder autrement, bref, inutile d'en parler aux autres pour l'instant. Au moment où ils rejoignaient Guy et les enfants pour repartir, Muriel s'est arrêtée près d'eux pour répondre au téléphone. Et ils ont entendu sa conversation : ah, nettement plus dur cette année, mais oui, oui, elle travaillait bien, ben non, elle n'avait pas encore déménagé, d'ailleurs, ça commençait à lui prendre la tête, elle avait peur de ne pas trouver, si ça arrivait, elle serait obligée de partir, de changer d'école, d'abandonner… Là, sa voix s'est brisée. Mais elle s'est vite reprise. Un truc sympa, on l'avait appelée pour un boulot dans un restau, juste une journée, mais c'était déjà ça, elle mangerait autant qu'elle en aurait envie, et puis… et puis, elle allait trouver une solution, c'était pas possible autrement, bon, elle n'avait plus de batterie, il fallait qu'elle y aille, elles se rappelleraient une autre fois, bisous, mamie, et te fais pas de mauvais sang, ça va aller, je te le promets. Elle a raccroché, s'est assise sur le rebord du trottoir, a baissé la tête et s'est mise à pleurer. Berthe s'est approchée en geignant, a enfoui son museau dans ses cheveux, dans son cou, lui a mordillé l'oreille. Surprise, Muriel a levé les yeux. Devant elle, il y avait la chienne, mais aussi Ludo et P'tit Lu qui lui tendaient des bonbons avec un air désolé et, derrière eux, les trois vieux qui la regardaient en souriant.

C'est comme ça que ça s'est passé, la rencontre avec Muriel.

À la question : Savez-vous faire des piqûres ? elle a répondu oui, mais sans préciser qu'elle n'en avait jamais fait avant, bien sûr. Ensuite, pour la tester, ils lui ont dressé un portrait sans fioritures de la vieille Hortense. Ils ont parlé de son état de santé, des soins à lui prodiguer, de sa phobie des aiguilles, de ses sautes d'humeur, de ses pertes de mémoire… Elle a écouté sans broncher. Ils ont eu l'impression que ça ne lui faisait pas peur, c'était ce qu'ils recherchaient, quelqu'un qui n'avait pas froid aux yeux. Elle les a conquis. Ils lui ont donc expliqué leur plan, que chacun avait échafaudé de son côté sans même qu'ils se concertent : contre une ou deux heures de soins par jour, suivant les besoins, ils proposaient logement, nourriture et blanchisserie. Elle a ouvert de grands yeux. Si ça n'avait tenu qu'à eux, ils auraient conclu l'accord tout de suite. Mais elle devait d'abord passer l'examen Hortense, pas une mince affaire. Muriel a accepté d'essayer et ils l'ont fait monter en voiture.

42

Première piqûre

Après avoir préparé la seringue, Muriel s'est soigneusement lavé les mains. Puis elle a enfilé des gants. Ensuite, elle a pris une compresse, l'a imprégnée de produit antiseptique, a nettoyé la peau autour du quart supéro-externe de la fesse de la patiente, avec un mouvement circulaire : en partant du centre vers l'extérieur, pour éloigner les germes du point de ponction… Jusque-là, tout allait bien. Malgré le léger tremblement de ses mains. Elle s'est concentrée, a pris une grande inspiration et s'est penchée vers Hortense. L'air mystérieux, elle lui a soufflé à l'oreille qu'elle sentait planer dans la maison quelque chose d'étrange. Un peu comme si les murs murmuraient, vous ne trouvez pas, madame Lumière ? Hortense a fait les yeux ronds et sans ménagement, lui a crié qu'elle était complètement siphonnée, qu'elle ferait mieux d'aller se faire soigner, la pauvre fille ! Simone ! Me laisse pas avec cette folle furieuse ! Elle se prend pour Jeanne d'Arc, elle entend des voix !

Mais Muriel ne s'est pas démontée. Elle s'est approchée encore plus près. Mais écoutez bien, on dirait presque qu'ils chantent, ces murs-là, je vous assure. Avec « r » qui roulent et voix chevrotantes...

Entendez-vous ces chants
Doux et charmants
Bateaux de fleurs,
Où les couples en dansant
Font des serments...

Le regard d'Hortense s'est éclairé. Et tout naturellement, elle a enchaîné le couplet...

Nuits de Chine
Nuits câlines
Nuits d'amourrr...
Nuits d'ivrrress-seu...
De tendrrrress-seu...

Elle s'est rappelé toutes les paroles, du début jusqu'à la fin. Pendant qu'elle chantait, Muriel en a profité pour lui faire la piqûre. Sa première. Un baptême, en quelque sorte. Hortense ne s'est pas interrompue, même quand l'aiguille a transpercé sa peau. Ni cri ni pleurs ni bleu sur sa cuisse, cette fois-ci. Impeccable. Et quand tout a été fini, Simone a applaudi. Un véritable triomphe.

Juste après, Ludo et P'tit Lu ont accompagné Muriel pour la visite de la ferme.

Sans hésiter, elle a choisi une chambre dans l'autre aile, celle restée inoccupée depuis la mort des parents de Ferdinand, il y a vingt ans. C'était petit et défraîchi, mais ça lui rappelait la maison de ses arrière-grands-parents, celle dans laquelle elle passait ses vacances quand elle était petite. La même ambiance, la même odeur. Mélange de poussière, d'humidité, de vieux papiers et de… pipi de souris ! Les enfants ont rigolé quand elle a dit ça. Ferdinand et Marceline beaucoup moins. Ils savaient ce que ça signifiait. Ils ont humé l'air avec ennui, leurs regards se sont croisés. Aucun doute, il allait falloir mettre Mo-je et Chamalo à contribution, ensuite lessiver les sols au savon noir, rincer au vinaigre blanc, ajouter du bicarbonate… En espérant que ça suffise, évidemment. Muriel a continué la visite. En ouvrant un tiroir du buffet, elle a découvert une collection de porte-clefs, des bouchons de liège, dont certains piqués d'aiguilles pour manger les bigorneaux, des vieilles bougies d'anniversaire à moitié fondues, de toutes petites photos en noir et blanc jauni et aux bords dentelés. Ce qui l'a le plus étonnée, ce sont les cartes postales souvenir collées sur les vitres des portes du buffet. Une impression de déjà-vu. Les mêmes que chez ses arrière-grands-parents ? Des lieux où, elle en était sûre, ils n'avaient jamais mis les pieds de leur vie. Et pourtant, ils auraient bien aimé voir Biarritz, et ses élégantes baigneuses posant sur la plage de la Milady, le mont Saint-Michel sous la brume, la promenade des Anglais à Nice, son carnaval, ses palmiers et la mer si bleue, ou les châteaux de la Loire…

Assis autour de la table de la cuisine, ils discutent de la suite des événements.

Muriel va essayer de convaincre le propriétaire de sa chambre de la laisser partir plus tôt que prévu et de lui rembourser la dernière semaine de location. S'il accepte, elle pourrait emménager dès demain samedi. S'il refuse, ce qui est plus que probable, eh bien, ce sera dans huit jours. Quoi qu'il arrive, elle se débrouillera pour venir matin et soir faire les piqûres à Hortense, entre-temps.

C'est vraiment très excitant, Muriel a encore du mal à y croire. Mais d'un coup elle s'affole : il y a un problème pour demain, samedi ! Elle doit travailler au restaurant jusqu'après minuit, elle ne pourra pas venir pour la piqûre du soir. Guy dit, pour blaguer, qu'il connaît bien la patronne, il va essayer de s'arranger avec elle. Il prend le téléphone, appelle Mireille, lui explique la situation. Elle râle un peu, hésite pour le principe. Mais après avoir calculé qu'il n'y en aura pas pour plus d'une demi-heure aller-retour, et sachant que les premiers convives ne risquent pas d'arriver avant huit heures, elle finit par dire OK, ça ira pour cette fois, tonton. Muriel est soulagée.

Avant de partir, elle les prévient que ses affaires tiennent dans une seule valise, un sac à dos et deux cartons. Ce sera vite fait. Guy est déçu. Il ne va pas avoir à sortir le tracteur et la remorque, cette fois-ci. Ça va lui manquer. Les cahots de la route, la raideur du siège en métal, l'odeur du gasoil… Dommage, il aurait bien aimé.

43

Noms de chats

Après dîner, Guy est allé coucher les enfants. P'tit Lu lui a demandé de lire son livre préféré, mais après seulement quelques pages, il s'est endormi comme une masse. Ludo connaissait l'histoire par cœur, il n'avait pas envie de l'entendre encore une fois. D'ailleurs, lui, il n'avait pas besoin qu'on lui lise de livres, il était assez grand pour le faire tout seul et puis il arrivait à s'endormir sans câlins, maintenant. Au moment où Guy allait refermer la porte, il lui a demandé s'il pourrait l'accompagner au cimetière, le lendemain matin. Guy a été surpris par la question. En général, il y allait vers sept heures du matin, il faisait encore nuit, ce n'était pas un horaire idéal pour emmener un enfant. Il a donc répondu qu'ils iraient ensemble, promis, mais… une autre fois. Ludo a insisté, a expliqué que c'était très important, il devait y aller absolument, c'était comme une promesse qu'il devait tenir. Un peu troublé et sans trop réfléchir, Guy a proposé de l'emmener dimanche.

La soirée s'annonçant sans pluie, Ferdinand, Marceline et Simone s'étaient installés dehors pour boire leur café et leur tisane, assis sur le banc. Après que Guy les eut rejoints, ils ont parlé des travaux à faire dans le futur appartement de Muriel : il allait falloir remplacer le matelas, il était trop vieux, mettre une bouteille de gaz pleine pour la cuisinière et le chauffe-eau, réparer la lampe de chevet et changer le néon dans la cuisine, refaire les joints autour du bac de douche et de l'évier, laver les rideaux… Ça faisait beaucoup. Ils allaient devoir s'organiser pour réussir à tout faire. Surtout si la petite emménageait le lendemain, comme ils l'espéraient. Ils ont soupiré tous en même temps. Simone, parce qu'elle était soulagée qu'Hortense l'ait acceptée aussi bien, et Ferdinand, Marceline et Guy, parce qu'ils étaient contents d'avoir eu la même idée en même temps. C'était peut-être un signe. En tous les cas, Muriel avait l'air d'être une jeune femme sympathique et compétente, il faudrait voir la suite. Mais il n'y avait aucune raison pour que ça ne colle pas. Plus fatiguée que les trois plus jeunes, Simone s'est levée. Elle a annoncé qu'elle tenait à superviser tout ce qui toucherait à l'électricité. C'était son rayon, du moins, ça l'avait été pendant les soixante-dix dernières années, il ne fallait pas l'oublier, vous avez compris, les gamins ? Mlle Simone Lumière, avec un nom pareil, personne ne pourrait jamais l'oublier, ils ont répondu en chœur. Ça lui a fait plaisir et elle est rentrée se coucher avec le sourire. Ensuite, ça a été au tour de Guy de se lever du banc. Pas pour aller se coucher, lui, mais pour travailler une partie de la nuit dans son atelier. Il avait un nouveau vélo à retaper, et là, ce soir, il lui était venu l'idée d'en faire cadeau à la petite. Ce serait pratique, pour ses allers-retours entre ici et son école. Les deux autres étaient d'accord. Ce serait parfait si elle pouvait être autonome, évidemment. Il est allé chercher des braises dans le poêle pour son brasero, a salué ses amis en repassant et a traversé la cour rapidement. La tête posée sur les genoux de Marceline, Berthe l'a suivi des yeux, et, au moment où il allait refermer la porte de la grange derrière lui, elle a bondi, l'a rejoint au galop. Marceline et Ferdinand sont restés assis sur le banc, sans dire un mot. Savourant le plaisir d'être seuls. Mais ça n'a pas duré longtemps, parce qu'ils se sont levés d'un bond en se rappelant un truc urgent : les souris ! Marceline est allée chercher Mo-je, Ferdinand, le petit Chamalo. Et chacun avec son chat sous le bras, ils sont entrés dans le vieil appartement. L'odeur de pisse de souris leur a sauté au nez. Les deux chats ont bien compris ce qu'on attendait d'eux, ce n'était pas la peine de leur faire un dessin. Ils ont sauté des bras de leurs gardiens respectifs et se sont aussitôt mis au boulot.

Après l'odeur, c'est le froid qui les a frappés. Vingt hivers d'affilée sans la moindre petite flambée, il n'y avait rien d'étonnant à ce que l'atmosphère soit si frigorifique. Alors, malgré l'heure tardive, ils ont décidé de ramoner le conduit de cheminée et de mettre en route la cuisinière à bois. Il allait falloir au moins trois jours et trois nuits pour que les murs commencent à se réchauffer. Autant commencer tout de suite.

Vers minuit, ces petits travaux terminés, ils sont retournés dans la cuisine pour se laver les mains. Ils les ont frottées longtemps, au-dessus de l'évier, pour réussir à se débarrasser de toute la suie incrustée. En réalité, ils prenaient leur temps. Pour rester côte à côte. Ils avaient encore envie de parler ensemble, de tout, de rien, de choses sans importance, du menu de demain ou du nom de leurs chats…

— Eh oui, dites, pourquoi Chamalo ?

— C'est pas moi, ça. C'est les Lulus qui ont choisi. Ils l'ont trouvé si doux, si moelleux qu'ils lui ont donné un nom de guimauve !

— C'est mignon. Ça sonne un peu masculin, mais c'est ça qui est drôle.

— Qu'est-ce qui est drôle ?

— Chamalo, le petit chat malhonnête. Une Chamalonette, quoi !

— Je ne comprends pas…

— Si, si, Ferdinand, je vous assure, c'est vrai.

— Mais…

Sa première réaction a été de penser qu'elle se trompait. Parce que, quand même, il aurait remarqué, si le chaton n'avait pas eu de… Et là, le doute s'est insinué. Il a eu beau fouiller sa mémoire, il n'arrivait pas à visualiser les petites pelotes sur l'arrière-train de son chat. Aïe. Il s'est mis à gamberger à ce qu'il allait raconter aux enfants, comment il allait justifier cette erreur de discernement. De n'avoir jamais eu de chats avant, ça pouvait expliquer peut-être… Marceline s'est mise à rire en voyant sa tête. Il s'est détendu. Chamalo, chat malhonnête, oui, c'était amusant. Et puis, d'accord, il n'était pas très bon pour déterminer le sexe des chats. Celui des chiens non plus, d'ailleurs. Il s'est moqué de lui-même en évoquant la fois où il avait croisé Berthe sur la route, le jour de la fameuse fuite de gaz, et qu'il lui avait parlé comme à un chien. Il lui avait crié, il s'en rappelait encore très clairement : *Où tu vas comme ça, mon gars ? Traîner la gueuse, j'parie ?* C'est vrai, il fallait bien admettre, il n'avait pas les yeux en face des trous. Elle était assez d'accord avec lui.

— Le vôtre aussi, il a un nom spécial, quand même. Mo-je, c'est du polonais ?

— Oui.

— Et ça veut dire quelque chose ?

— Oui.

— Qu'est-ce que…

— *Może*, peut-être.

— Alors Mo-je, ça veut dire *peut-être* ?

— Oui.

— Ah.

La suite logique ça allait être, bien sûr, qu'il lui demande pourquoi *peut-être*. Elle serait obligée d'expliquer, de rentrer dans les détails, de parler du passé, ça lui a fait peur. Pour couper court, elle s'est mise à bâiller, en prétextant une fatigue soudaine et foudroyante, lui a souhaité bonne nuit et a filé se coucher. Il est resté bête, planté là, tout seul au milieu de la cuisine. Un torchon à la main et la désagréable impression d'avoir été largué comme une vieille chaussette. Jusqu'à ce qu'il entende le bruit de ses pas remonter doucement le couloir. Dans l'embrasure de la porte, elle s'est arrêtée et a dit tout bas…

— C'est Danuta qui a choisi d'appeler son chat comme ça. Avec Olenka. Mes filles. Elles trouvaient que c'était joli.

Ferdinand a été surpris, c'était la première fois qu'elle lui parlait de ses enfants. Il a baissé les yeux en marmonnant qu'en effet, c'était très joli, et il s'est concentré sur les rayures du torchon avec lequel il se séchait les mains depuis quelques minutes.

Quand ils sont allés se coucher, il était presque deux heures du matin. Ça faisait très longtemps qu'ils n'avaient pas veillé aussi tard, ça leur a fait du bien. Ils ont beaucoup parlé. Ferdinand, de ses deux fils, et Marceline, de ses jumelles. Ils en savaient un peu plus long l'un sur l'autre, après ça. Elle, qu'il avait des regrets de n'avoir pas su être un père attentif, et lui, qu'elle avait perdu ses deux filles dans un accident, il y avait bientôt sept ans. Ça lui a fichu un coup de l'apprendre, son cœur a fait un bond. Sur le moment, il a failli lui prendre la main. Mais il s'est retenu à temps.

Et puis, ils n'ont pas parlé que de choses tristes !

Ils ont même un peu ri. Surtout quand Ferdinand s'est mis à réfléchir tout haut à ce qu'il allait dire aux enfants le lendemain, pour expliquer la Malonette. Qu'il n'avait pas ses lunettes ce jour-là ? Ils savaient très bien qu'il n'en portait jamais ! Qu'il avait trop bu ? C'était moche comme argument, il pouvait trouver mieux, a plaidé Marceline. OK, mais une chose était sûre, il n'était pas tout seul à se tromper. Il en connaissait d'autres. Tiens, Raymond et Mine, des spécialistes du genre ! Et puis Alain, Fergus et Barbara, pas mal non plus, ceux-là. Et aussi Marie, Marco et Loubé, ou encore Christian et Moïra… Il a cité des exemples : Youki, en réalité, c'était Youka,

Riton, qui aurait dû s'appeler Rita, Le Moelleux qui avait fini Pépette, et puis, les deux chattes des Sauvage, tu parles d'un coup, une des deux avait des roupettes ! Quelle rigolade le jour où le vétérinaire leur a dit…

Et patati et patata.

Ils ont parlé longtemps, longtemps.

Jusqu'à deux heures du matin.

Au pied de l'escalier, ils se seraient bien serrés dans les bras avant d'aller se coucher. En tout bien, tout honneur, bien sûr. Mais ils n'ont pas osé.

La prochaine fois, *Mo-je* ?

44

Les Lulus cuistots

Ludo et P'tit Lu se sont réveillés, samedi matin, avec une faim de loup. Ils sont descendus dans la cuisine, il n'y avait personne. Ni Berthe pour leur faire la fête, ni les deux chats non plus. Ils ont enfilé des bottes et des cirés beaucoup trop grands pour eux par-dessus leurs pyjamas et sont allés voir dehors s'ils y étaient. Mais ils avaient tous disparu, même l'âne était parti. Il faisait un froid de canard, ils se sont pressés d'aller ramasser des œufs dans le poulailler, de prendre un pot de miel dans l'ancienne laiterie et quelques noix dans le cellier et vite, ils sont rentrés, avant d'être transformés en glaçons.

Ludo a sorti le grand couteau pour couper le pain, et P'tit Lu, à genoux sur une chaise, a cassé les œufs dans un saladier. Après les avoir battus avec une fourchette, ils ont mis les tranches à tremper dans la mixture gluante, en appuyant bien dessus pour qu'elles s'imprègnent comme des éponges. Ensuite, P'tit Lu a attaqué les noix au marteau et Ludo a sorti une grande poêle du placard. Le problème, ça allait être de mettre le feu dessous. Quand ils faisaient la cuisine à la maison, c'était Roland ou Mireille qui s'en chargeait. Mais là, il allait devoir se débrouiller tout seul. Il a testé plusieurs fois l'allume-gaz, il faisait bien *clic clic* quand il appuyait sur le bouton. Avec des allumettes, il aurait hésité, mais là, pas de flamme, c'était tranquille, il ne risquait pas de se brûler. Quand il s'est senti prêt, il a inspiré et… très vite, il a tourné la manette du gaz, *pfff*, a appuyé sur le bouton, *clic*, le feu s'est allumé, *waouff* et il a expiré en s'essuyant le front. Il avait eu un peu chaud. Évidemment, P'tit Lu a été très impressionné par le sang-froid de son grand frère. Il a calculé dans sa tête qu'il restait encore deux ans à attendre avant d'avoir huit ans et de pouvoir, comme lui, allumer le feu. C'était dans longtemps, mais tant pis, il était déjà un peu habitué. Dans la vie, il fallait toujours attendre. Les anniversaires, Noël, les vacances…

Sur le pain perdu, ils ont mis du miel et des morceaux de noix et se sont souhaité bon appétit. P'tit Lu a trouvé que c'était bon mais que ça manquait un peu de sel. Ludo était d'accord, il en a rajouté une pincée. Ils ont terminé leur assiette, en ont préparé deux autres et sont allés frapper à la porte des sœurs Lumière. Hortense a crié de joie en les voyant entrer, les a embrassés goulûment au moins vingt fois. Ils ont dû s'essuyer les joues sur leurs manches, tellement elle avait postillonné. Pour pouvoir goûter leur recette, elle a réclamé son dentier. Il trempait dans un verre d'eau, à côté d'elle, sur la table de nuit. Devant les enfants ébahis, Simone l'a sorti, l'a rincé, a mis de la colle rose dessus et l'a tendu à Hortense, qui, aussitôt après l'avoir englouti, leur a fait un grand sourire.

Elles ont toutes les deux mangé avec beaucoup d'appétit en s'extasiant à chaque bouchée sur leurs talents de cuisiniers. Les Lulus étaient aux anges de recevoir autant de compliments.

Hortense a voulu jouer aux cartes, ils lui ont proposé un jeu des sept familles, elle a préféré la bataille. Avant de commencer, Simone leur a demandé de choisir la couleur de la laine des chandails qu'elle allait tricoter pour eux. Leurs cadeaux de Noël, elle a ajouté, en faisant un clin d'œil. Effaré, P'tit Lu a donné un grand coup de coude dans les côtes de son frère. Les cadeaux, ça devait être une surprise, sinon c'était nul ! Ludo a haussé les épaules, lui aussi dégoûté. Et après réflexion, il s'est penché pour lui chuchoter à l'oreille qu'il pensait que c'était toujours comme ça avec les vieux, ils ne savaient pas garder les secrets. P'tit Lu a trouvé ça dommage. Et il s'est dit que lui, quand il serait vieux, il ne ferait jamais un truc pareil…

Ils ont joué à la bataille. Le hasard a fait qu'ils ont gagné chacun leur tour les premières parties, ce qui a mis Hortense de très mauvaise humeur. Du coup, ils ont préféré faire semblant de ne rien remarquer quand elle s'est mise à tricher, pour la laisser gagner toutes les suivantes. Et elle a retrouvé le sourire. Nettement plus agréable.

45

Arrêter les aiguilles

Réveillée à l'aube, ce même samedi, Muriel s'est retenue d'aller frapper à la porte de son propriétaire. Pourtant, elle en mourait d'envie. En attendant une heure plus décente, elle a rangé ses affaires. Quand elle y est allée enfin, il était déjà sorti, ça l'a déçue, elle a laissé un mot. De retour chez elle, elle n'avait plus rien à faire, tout était rangé dans la valise, le sac à dos et les deux cartons et elle n'avait aucune envie de ressortir ses livres et ses cahiers pour réviser, elle s'est donc mise à tourner en rond. Comme une lionne en cage.

À onze heures et demie, le proprio n'avait toujours pas appelé, elle a commencé à déprimer, mais elle n'avait pas le temps, c'était maintenant l'heure de son rendez-vous et elle est allée sur la place du Marché. Marceline avait presque fini de remballer. Les cageots de légumes, les confitures et le miel étaient déjà dans la charrette et il ne lui restait plus que la bâche à plier. Muriel a proposé de l'aider, mais elle lui a conseillé d'aller d'abord se présenter à Cornélius. C'était un âne très spécial, tout à fait capable de refuser de transporter quelqu'un s'il avait été ignoré. Elle lui a tendu un morceau de carotte, en ajoutant que ça pourrait peut-être aider à l'amadouer, au cas où il était de mauvais poil. Muriel l'a regardée avec des yeux ronds, elle trouvait ça complètement dingue mais n'a pas osé le faire remarquer, encore moins refuser. Après avoir vérifié que personne ne regardait dans sa direction, elle s'est approchée de l'animal, a hésité quelques secondes, s'est sentie très con de lui dire : *Bonjour, je m'appelle Muriel, seriez-vous d'accord pour me transporter dans votre charrette ?* Mais elle l'a fait. À voix basse, évidemment. Cornélius l'a regardée d'un œil, a flairé l'air autour d'elle, puis plus précisément sa main, a accepté la carotte qu'elle lui tendait et l'a croquée en hochant la tête de haut en bas. Muriel, épatée, n'a pas pu s'empêcher de lui sauter au cou pour le remercier. Personne ne lui avait jamais dit avant que les ânes comprenaient aussi bien tous les mots ! Elle est retournée annoncer la nouvelle, et Marceline a dit : Ouf.

Bien entendu, Hortense a été terriblement déçue d'apprendre que Muriel allait devoir repartir aussi vite après la piqûre. Et elle l'a fait savoir bruyamment. Si elle avait pu piétiner, elle l'aurait fait. Elle aurait voulu qu'elle reste plus longtemps, la petite Muriel, la jeunesse, ça lui mettait du baume au cœur, c'était sa bouffée d'oxygène, ses fraises à la crème en hiver. Au contact des enfants, elle reprenait du poil de la bête, tu comprends ça, Simone ? J'en ai ma claque de tous ces vieux ! Je les aime pas, ils sont pas marrants, et en plus, ils sentent mauvais ! Simone a levé les yeux au ciel, en marmonnant *V'là qu'elle recommence à divaguer.* Mais Muriel lui a fait signe que ça n'avait pas d'importance, elle avait l'habitude. Dans sa famille, il y avait eu des cas du même genre.

Deuxième injection.

Elle a plus eu le trac pour celle-ci que pour la première. Ça l'a déstabilisée. Du coup, elle s'est concentrée tout spécialement sur la préparation. Elle s'est forcée à se rappeler, point par point et dans le bon ordre, toutes les consignes d'hygiène, avec termes techniques adéquats et tutti quanti. Mais, c'est la piqûre en elle-même qu'elle appréhendait, bien sûr. Si elle ratait son coup, cette fois ? Si, en piquant, elle tombait sur un nerf, ou sur un vaisseau ? Quelle catastrophe. Pour calmer son anxiété et Hortense, par la même occasion, elle s'est mise à fredonner.

Et Hortense, incollable, a aussitôt trouvé de quelle chanson il s'agissait. Elle s'est mise à brailler…

Si l'on pouvait arrêter les aiguilles-eee…
Au cadran qui marque les heures de la vi-eee…
Nous n'aurions pas la triste appréhension
D'entendre l'heure de la séparation.

Après le départ de Muriel, Simone s'est assise sur le rebord du lit et, en duo, elles ont terminé le couplet. Avec « r » qui roulent, voix chevrotantes et yeux humides.

Après avoir passé toute une vie-eee…
À nous chérir sans aucune jalousie-eee…

Le cœur bien gros on n'devrait pas penser
Qu'un jour, hélas, il faudra nous quitter
Vivons d'espoir, à quoi bon s'faire d'la bile
Puisqu'on n'peut pas arrêter les aiguilles.

Hortense a caressé la main de Simone. Et puis d'un coup, requinquée, elle s'est redressée contre ses oreillers, s'est essuyé le nez sur la manche de sa robe de chambre et a réclamé le grand sac de laine. Elle a eu du mal à choisir celle qui conviendrait le mieux pour une écharpe. Mais elle a fini par se décider pour de la chinée. C'était moderne, ça lui irait bien à la petite, non ? Qu'est-ce que t'en penses, Simone ? Conciliante, Simone a répondu qu'elle trouvait ça très bien. Elle l'a aidée à monter les mailles, pour lui faciliter la tâche. Hortense a réussi à tricoter trois rangs avant de piquer du nez sur son ouvrage, calottée par autant d'efforts et d'émotions d'affilée.

46

Vieux clous

Les chats avaient dû bosser toute la nuit et toute la matinée à chasser les souris, parce qu'après déjeuner, quand Marceline a ouvert la porte du futur appartement de Muriel, ils étaient couchés chacun sur une chaise près du poêle, le ventre bien rond, et n'ont même pas eu la force de lever la tête pour la saluer. Elle a commencé par laver le sol de la salle de bains, puis celui de la cuisine, mais en attaquant la chambre, elle s'est aperçue que le vieux papier peint se décollait en lambeaux. C'était trop misérable. Avec Ferdinand, ils sont tombés d'accord, il ne fallait pas laisser ça dans cet état, ils ont donc tout arraché. Ensuite, avec les enfants, elle a préparé de la peinture. Deux kilos de purée de pommes de terre, deux kilos de blanc de Meudon, de l'amidon pour bien fixer le tout et de l'eau. Pour la touche de couleur, ils ont pensé à du vert. En faisant bouillir des feuilles d'estragon, c'était possible et ça sentait très bon, mais ce n'était pas la saison. Alors ils ont opté pour la brique de terre cuite. Ils en ont mis une dans un sac, ont tapé dessus avec une masse jusqu'à la réduire en poudre et l'ont incorporée au mélange. Ça a donné un petit effet rosé que Ludo a trouvé parfait. Surtout pour une chambre de fille…

Après la peinture, les Lulus sont allés jouer à cache-cache dans la grange. Dans un coin sombre, ils sont tombés sur deux vieux vélos couchés sous le foin et couverts de crottes d'oiseaux. Pas étonnant, avec la ribambelle de nids d'hirondelles juste au-dessus. En les mettant debout, ils ont vu qu'ils étaient pile à leur taille, ça les a étonnés. Comme Ferdinand passait par là, il a expliqué qu'ils avaient appartenu à leur père, Roland, et à leur oncle Lionel, quand ils étaient enfants. P'tit Lu a tiqué. Il a regardé Ludo pour voir sa réaction, il était aussi troublé que lui, ça l'a rassuré. Parce que, quand même, c'était difficile de croire que leur papa ait pu être un jour petit. Et en plus, qu'il ait eu un frère dont ils n'avaient jamais entendu parler avant, c'était pas vraiment très possible. Devant leur air incrédule, Ferdinand n'a pas trouvé d'autre solution que de leur montrer une photo. Dessus, il y avait deux petits garçons, assis chacun sur une bicyclette : l'un d'eux avait des joues toutes rondes et souriait en grimaçant, l'autre, un peu plus grand et moins costaud, regardait ailleurs, comme si ça l'ennuyait d'être pris en photo. Commentaire de Ferdinand : le petit avec le sourire bêta, c'était leur papa quand il avait sept ans, et celui qui faisait la gueule, c'était leur oncle Lionel, huit ans. Ils n'ont pas reconnu leur père, évidemment, ça ne les a donc pas convaincus. Mais Ludo a lu à voix haute ce qui était écrit juste en dessous : *Roland et Lionel, Noël 1974.* Il a bien étudié la photo, les vélos avaient la même couleur que ceux qu'ils avaient trouvés. Et il a commencé à se dire que, finalement, ce n'était peut-être pas du pipeau, cette histoire.

En les voyant arriver dans son atelier, Guy s'est moqué, leur a demandé ce qu'ils comptaient faire avec ces deux vieux *clous* tout rouillés. Mais P'tit Lu s'est rebiffé : D'abord, c'est même pas des clous ! Mais les vélos de papa et de son frère Lionel quand ils étaient petits comme nous, j'te ferais dire ! Guy a reconnu son erreur et P'tit Lu lui a expliqué très sérieusement que, depuis le matin, ça y était, il avait décidé d'apprendre à faire du vrai vélo. Le tricycle, c'était pour les bébés. Alors voilà, il voulait apprendre sur celui-ci. Bien. Et Ludo ? Il s'en fichait un peu, il avait un super VTT. Mais, par solidarité, il appuyait son frère. Et puis, ça n'était pas si mal d'en avoir un deuxième, ici, à la ferme, un qu'il n'aurait pas peur d'abîmer sur les chemins pleins de boue dégueu. Donc, Guy a ausculté les deux vieilles… choses. Les remettre en état allait lui demander beaucoup de travail, pour un résultat moyen. Les cadres étaient lourds, il n'y avait pas de vitesses, toutes les pièces étaient à changer. Mais ça n'avait pas d'importance, il avait terminé cette nuit la rénovation de celui pour Muriel, il avait du temps à leur consacrer.

Pour commencer, il a donné aux enfants des masques de protection et des gants. Ils ont trouvé ça amusant de se déguiser. Guy voulait qu'ils passent eux-mêmes l'huile dégrippante sur les parties rouillées, sans respirer les émanations et s'en mettre partout. Ensuite, il leur a appris à démonter un pneu avec des manches de cuillères. Pour la recherche de fuites dans les chambres à air, il faisait tellement froid dans l'atelier qu'ils ont préféré faire ça dans la cuisine. Après les avoir gonflées, ils les ont plongées dans une bassine d'eau et quand ils ont appuyé dessus, les bulles d'air sont remontées. Ils ont trouvé ça rigolo. C'est P'tit Lu qui a tracé les ronds au stylo-bille autour des trous, pour repérer les endroits où coller les rustines.

47

Lettre de rappel

En fin de journée, Ludo s'est inquiété. Il se demandait comment il allait faire pour vérifier si son rendez-vous du lendemain matin, dimanche, avec Guy, tenait toujours. Il n'avait que huit ans, mais il avait déjà essuyé quelques grosses déceptions dans sa vie. Il se méfiait, sachant par expérience que les adultes étaient capables de tout. De changer d'avis sans prévenir, de revenir sur leurs paroles sans donner de raisons, d'arnaquer, d'empapaouter, d'entourlouper les petits, pas forcément méchamment, c'est vrai, mais comme si c'était une chose normale. En toute impunité et sans remords. Avec le tonton, il voulait prendre ses précautions, le cuisiner finement, lui poser des questions discrètes. Est-ce que ça existait, les réveils, quand t'étais petit, tonton ? Ou : Est-ce que vous aviez juste des coqs qui criaient cocorico pour vous réveiller le matin, à la ferme ? Mais Guy lui a chuchoté à l'oreille : T'inquiète pas, mon grand, je viendrai te chercher à l'aube. Et quand je dis quelque chose, je le fais, un point c'est tout.

À sept heures, le lendemain matin, Guy a réveillé Ludo, comme il avait dit. Il faisait encore nuit. Ils sont descendus sans faire de bruit, se sont habillés chaudement et sont sortis. Derrière le vélo de Guy, appuyé sur sa béquille, il y avait celui trouvé dans la grange, couvert de crottes d'hirondelles et ayant appartenu au frère inconnu de son père. Maintenant il était propre et prêt à partir.

Ils ont pédalé, côte à côte, sans dire un mot. Avec la vitesse, le froid leur a fait pleurer les yeux, rougi les joues, gercé les lèvres.

En arrivant, ils ont couché les vélos dans le fossé, ont tiré sur le bas de leurs manteaux, ont réajusté leurs bonnets et essuyé la morve qui avait coulé de leurs nez. Ils voulaient être un peu présentables. Ensuite, Guy a fait signe à Ludo de le suivre sans faire de bruit, ils ont longé le grand mur, il a relevé l'échelle cachée dans l'herbe, l'a appuyée au mur et ils ont grimpé l'un derrière l'autre pour entrer dans le cimetière.

Ludo a demandé à Guy de l'attendre un peu plus loin. Avec sa lampe de poche, il a minutieusement ausculté la tombe de Gaby, mais il n'a trouvé aucune anfractuosité, aucune petite fente entre les pierres. Finalement, il a glissé le bout de papier plié en huit dans la terre du rosier planté à son pied.

Le texte de la nouvelle lettre à Gaby (sans les fautes d'orthographe, bien sûr).

Chère tata Gaby,

Je t'écris pour te dire que je pense très fort à mes rêves tous les matins et je sais que tu n'es pas venue me voir une seule fois. Ça m'a fait très triste que tu préfères choisir celui de P'tit Lu et que tu nages dans la mer avec lui et les gros poissons. Je te ferai rappeler que c'est moi qui t'a demandé pour les rêves, c'était pas une idée de P'tit Lu. En plus, j'aurais bien aimé le faire celui-là, parce que j'adore nager sous l'eau à la piscine, c'est moi qui a le record. En ce moment, j'ai très envie de dire à P'tit Lu qu'il est un peu con. Mais si je lui dis, il va pleurer et le dire à maman. Il pleure facilement, ça m'énerve. Je t'ai déjà écrit dans ma lettre d'avant, les gros mots, je m'en fiche, j'en dis tout le temps. Peut-être que si jamais tu venais me voir dans mes rêves, j'essaierais de ne plus en dire. Ça serait hyper difficile. Mais je pourrais essayer si tu veux.

Est-ce que c'est bien là où tu es ? Ici, ça caille (ça veut dire qu'il fait froid). C'est bientôt Noël, j'espère qu'on va avoir beaucoup de cadeaux. Peut-être que tu sais tout déjà ce qu'il se passe ici. Sinon, je peux te dire. Mireille et Roland vont bientôt divorcer. Tonton Guy est bien habitué de plus te voir, mais il continue à pas dormir la nuit et il répare des vélos sans arrêt. Ferdinand, je crois qu'il voudrait embrasser Marceline, mais il arrive pas à se décider. Et puis, ça va pas te faire très plaisir, mais ton citronnier a crevé. Tonton Guy a oublié de l'arroser pendant trop longtemps.

Voilà. J'espère que tu vas bientôt venir dans mon rêve.

Signé : Ludovic
Ton petit-neveu
qui t'aime quand même.

De retour à la ferme, Ludo est monté réveiller P'tit Lu. Ils se sont préparé quelques tartines et deux grands bols de chocolat, ensuite ils sont allés voir Hortense. Ils lui ont proposé de rejouer aux cartes. Elle a choisi la crapette. Ils ont gagné deux parties chacun, ça l'a beaucoup énervée. Alors, après ça, ils ont fait semblant de ne pas remarquer quand elle s'est mise à tricher. Elle a retrouvé le sourire et Simone leur a donné des bonbons.

Plus tard, ils sont allés aux champignons avec Ferdinand. Ils ont dû enfiler des gilets fluo par-dessus leurs manteaux, au cas où ils croiseraient des chasseurs. C'est obligatoire, il y en a beaucoup en cette saison, ça peut être dangereux. Ils ont parlé et chanté très fort pendant toute la promenade dans les bois, pour éviter d'être pris pour des faisans ou des sangliers. Malgré le bruit qu'ils faisaient, ils ont quand même vu passer un chevreuil et deux lapins. Mais ils n'ont trouvé aucun champignon. Ferdinand a râlé, quelqu'un avait dû découvrir son coin à cèpes et y être passé avant eux. Ils sont rentrés bredouilles.

L'après-midi, comme il pleuvait beaucoup, ils ont regardé un film. En général, Ferdinand emprunte les DVD à la médiathèque ou à des copains, mais celui-là, il l'a acheté, il le trouve très beau. Le titre, c'est *Océans*, et bien sûr, il y a des baleines et des dauphins dedans. Pendant qu'il le regardait, d'un coup, P'tit Lu s'est rappelé avoir refait le même rêve cette nuit que la dernière fois. Celui où il nage avec Gaby et les gros poissons. Il les a reconnus dans le film, c'était eux, là ! Ludo s'est énervé et l'a traité de nul. Parce que, vraiment, tout le monde savait que les dauphins, c'était pas des gros poissons, mais des mammifères, comme les humains ! Ferdinand a temporisé, il n'en était pas aussi sûr que lui…

Après ça, ils sont allés voir Marceline dans sa chambre. Ils ont ouvert la housse du violoncelle, ont frotté l'archet sur les cordes, mais n'ont réussi à produire que des grincements. Ils lui ont demandé d'en jouer, se sont assis sur le lit pour écouter. Dès les premières notes, ils sont restés bouche bée. C'était doux aux oreilles, ça faisait vibrer la peau du ventre, ça chatouillait jusqu'aux orteils. Le morceau terminé, ils en ont réclamé un autre. Marceline a dit qu'elle était fatiguée. Ses doigts étaient trop raides. Pour pouvoir jouer, il aurait fallu qu'elle fasse des exercices tous les jours, là, ça faisait trop longtemps qu'elle avait arrêté.

P'tit Lu a demandé pourquoi, mais elle n'a pas eu le temps de répondre. Pile à ce moment-là, Cornélius a cogné contre la vitre. Les enfants se sont précipités, lui ont ouvert, lui ont fait la fête. Et il a hoché la tête pour montrer qu'il était content.

48

La séparation

Voilà. Les Lulus ont passé un super week-end. Alors, bien sûr, quand ils sont rentrés chez eux, dimanche soir, ils ont déplané d'un coup. Mireille les attendait dehors, sur le perron, elle avait quelque chose d'important à leur dire. En voyant sa tête, ils ont tout de suite compris. Elle et Roland, c'était fini, terminé, plié. Ils avaient décidé de se séparer. Résultat, elle et eux deux allaient déménager. Illico presto. C'est-à-dire, immédiatement. Elle avait déjà commencé à remplir la voiture, ils devaient l'aider à charger le reste. Cette nouvelle, sans être complètement inattendue, les a un peu cueillis, quand même. Et Guy, qui les avait raccompagnés, a lui aussi été surpris. Ils sont restés comme trois paires de ronds de flan, plantés devant elle, avant que P'tit Lu ne commence à pleurer bruyamment. Pour le consoler, elle l'a pris dans ses bras et ils se sont mis à pleurer ensemble. Pendant ce temps, Guy a chargé les sacs dans la voiture et Ludo est allé voir son père dans la cuisine. Il a trouvé Roland assis par terre dans un coin. Ça lui a fait mal au ventre de le voir comme ça, abandonné comme… un vieux sac de pommes de terre percé. Il s'est approché, lui a tendu la main pour l'aider à se relever, mais vu son poids, il n'a pas réussi à le faire décoller d'un millimètre et a même fini par tomber sur lui. Ça les a fait rigoler, tous les deux. Ils sont restés comme ça, dans les bras l'un de l'autre, jusqu'à ce qu'ils ne rient plus. Et même encore un peu après.

Mireille a dû négocier.

L'ancienne maison de tonton Guy et de tata Gaby n'était pas loin, à quelques rues de là, ils ne devraient pas changer d'école, ne perdraient pas leurs copains, verraient leur père tous les jours s'ils en avaient envie, pourraient même aller dormir chez lui, dans leur chambre qui resterait pareille, bref, cette histoire n'allait pas changer radicalement leurs vies. Rassurés, ils sont allés choisir quelques jouets avant de remonter en voiture. Et Roland, sur le perron, leur a fait bye-bye de la main.

49

Vin triste

Mireille et les enfants vivent dans la maison de Guy et ça se passe bien. Ludo et P'tit Lu ont pris leurs marques rapidement, il y a même des choses qu'ils trouvent mieux qu'avant. Comme de pouvoir aller à l'école et rentrer seuls. C'est encore plus près que du restaurant, il n'y a que deux rues à traverser. Mireille a cédé. Et puis, elle veut bien aussi les laisser aller chercher le pain à la boulangerie, ça leur fait tellement plaisir. Elle ne se doute pas qu'ils s'achètent à chaque fois des tonnes de bonbons, sinon elle refuserait, évidemment. Ils se les payent avec l'argent de poche que leur donne Roland. Elle n'est pas au courant, c'est leur secret. Lui et Mireille ne se parlent plus, de toute façon. Ils travaillent toujours ensemble, ils n'ont pas le choix, ni l'un ni l'autre. Elle, parce qu'elle ne sait pas faire autre chose, et lui, parce qu'il est incapable de gérer le restaurant tout seul. Mais Mireille dit que ça ne va pas durer, cette situation lui pèse trop. Elle rêve de trouver autre chose, carrément dans une autre branche. Laquelle ? Elle ne sait pas encore. Il y a peu de débouchés dans la région. Donc, en attendant, elle met sa fierté de côté et bosse au restaurant. Les soirs où elle est sûre de finir tard, elle emmène les enfants et les laisse dormir là-bas. Pas trop souvent, elle déteste rentrer et se retrouver toute seule dans cette maison, ça la déprime. Elle a tendance à boire, et avec les antidépresseurs, ce n'est pas très bon. Après quelques verres, en général, elle va se planter devant la grande glace dans l'entrée, celle où elle peut se voir en pied, et là, elle pleure en se disant qu'elle a tout raté. Elle a déjà vingt-huit ans, deux enfants et bientôt divorcée. C'est fini. Elle ne rencontrera plus jamais personne, sa vie amoureuse est terminée. Trop vieille, trop conne et puis surtout, son ventre est mou et sa poitrine affaissée. C'est effrayant. Quel mec pourrait avoir envie d'une meuf comme elle, maintenant…

Voilà pourquoi elle préfère ne pas se retrouver toute seule chez elle, le soir, après le boulot. Pour éviter de picoler et de se retrouver devant la glace, celle où elle peut se voir en pied. Elle a le vin triste. Mais c'est pareil avec les autres alcools, elle a essayé. Ça lui fait exactement le même effet.

50

Dossier Solidarvioc

Les sœurs Lumière ont décidé de mettre en vente leur maison. Simone en avait marre de devoir y passer toutes les semaines, faire le tour, regarder si les volets avaient été forcés, si des petites bêtes étaient entrées faire leur nid dans un placard ou sous l'évier, ramasser le courrier et lire les lettres de menace du neveu, ça lui mettait les nerfs en pelote. Autant en finir une fois pour toutes. Et puis, maintenant, c'est bon, elles se sentent chez elles à la ferme, alors inutile de garder la maison, ça fait des frais pour rien. Simone va prévenir le postier. À partir de dorénavant, tout devra arriver à la ferme. Sans oublier le *Canard*, tous les mercredis, elles y sont abonnées depuis… une éternité ?

C'est Muriel qui leur a parlé de l'agent immobilier. Et elle ne s'est pas gênée pour dire qu'il n'était pas du genre nerveux, le bonhomme. Pour elle, par exemple, il n'avait rien trouvé. À l'évidence, la vente le motive plus que la location. Il a déjà fait visiter la maison à plusieurs personnes en moins de trois jours. Un couple a l'air particulièrement intéressé, il a dit, ils sont passés plusieurs fois. Ils ont flashé sur l'ancien magasin d'électricité, exactement le genre d'espace qu'ils cherchent pour le transformer en atelier d'artiste. Il n'y a plus qu'à attendre leur proposition. Les deux femmes sont impatientes. Surtout Simone. Hortense, elle, elle s'en fout un peu. C'est déjà loin tout ça, pour elle.

Petit bilan.

1. Mireille et les enfants habitent la maison de Guy.
2. Celle de Marceline est loin d'être réparée.
3. Les sœurs Lumière ont mis la leur en vente.

Il est temps de mettre les choses à plat. Et de faire les comptes à la ferme. Naturellement, c'est sur Guy que ça tombe. Les autres, ce n'est pas trop leur truc, de faire des plannings ou de dessiner des tableaux. Lui, il aime ça, c'est sa marotte. Il a préparé un nouveau dossier, recettes et dépenses, et l'a intitulé : Solidarvioc. Ça l'amuse d'inventer des noms. Celui-ci sonne un peu polonais, le pays de Marceline, c'est pas mal.

Pour être le plus équitable possible, il a proposé à chacun de mettre dans la cagnotte la moitié de sa pension de retraite mensuelle. D'après ses calculs, ce serait suffisant pour payer tous les frais de fonctionnement de la maison. C'est largement moins que ce qu'ils dépensaient quand ils étaient chacun chez eux, ils sont étonnés, mais trouvent ça drôlement bien. Pour Ferdinand, Guy, Simone et Hortense, c'est simple. Pour Marceline, il a abordé la question différemment, puisqu'elle ne touche ni pension ni allocations d'aucune sorte. C'est simple et ça revient au même, finalement, puisque sa participation correspond à la moitié de ce qu'elle produit en fruits, légumes, fleurs, œufs, miel, confitures, huile de noix, etc. L'autre moitié, c'est ce qu'elle vend sur le marché.

Rien qu'en comptabilisant les abonnements pour l'eau, l'électricité, le téléphone, et en y ajoutant le décodeur télé, la redevance, les impôts locaux et les assurances, ça fait une jolie différence. Avant, ils payaient ça dans chaque foyer, maintenant, plus que dans un seul. Un seul téléphone, une seule redevance, une seule assurance… Les économies sont importantes. Ils vont pouvoir mettre de l'argent de côté, acheter peut-être un… C'est trop nouveau, ils n'ont pas encore eu le temps de réfléchir à ce qu'ils vont faire de tout ce blé ! C'est excitant.

51

Du point de vue de Muriel…

Muriel s'est installée dans l'autre aile de la maison. Matin et soir, elle passe voir Hortense, la lave, la pique, lui fait ses soins. Quand il ne pleut pas, elle l'aide à s'asseoir dans sa chaise roulante, l'emmène prendre l'air dehors. Sinon, quand quelqu'un d'autre a besoin de ses services, elle est partante. Ferdinand s'est blessé la main en coupant du bois, elle a insisté pour lui changer son pansement tous les jours. Il lui a promis de la laisser retirer les fils le moment venu. Elle est ravie. Ce qu'elle a besoin d'approfondir maintenant, ce sont les prises de sang. Elle a tendance à aller vite, à être un peu brutale, elle veut améliorer ça. Devenir hyper pro et avoir des gestes doux, c'est son but. Pas comme ces sorcières qui venaient vider le ventre de sa mère. Elles s'en fichaient pas mal de la faire souffrir quand elles lui plantaient la grosse aiguille pour retirer l'ascite. Et si elle se plaignait, elles lui disaient qu'elle l'avait bien cherchée, sa cirrhose, qu'elle aurait dû y penser avant de lever le coude !

Muriel veut arriver à être efficace et douce en même temps, elle est sûre que c'est possible. Pour les prises de sang, Guy lui a proposé de s'entraîner sur ses veines, ça ne le dérange pas, il n'a pas la phobie des aiguilles et il n'est pas douillet du tout.

Question travaux pratiques, c'est nickel, ici. Et le logement, aussi. Il y a de l'espace, elle n'est pas obligée de replier le lit dès qu'elle se lève le matin pour pouvoir s'habiller, ou de faire la vaisselle dans le lavabo aussitôt après manger si elle veut faire pipi. Elle est très contente. Juste un regret : il n'y a pas internet. C'est chiant quand elle doit chercher de la doc pour ses devoirs, envoyer des messages à ses copines, chatter sur les réseaux ou même jouer à des jeux idiots. Ça lui manque. Sinon, le reste, ça va. Les viocs sont plutôt cools. Pas évident, pourtant, cette idée de vivre ensemble. Avec toutes ces personnalités…

Hortense, par exemple. Elle est marrante, mais il faut quand même se la coltiner, avec son sale caractère. Entre ses sautes d'humeur et ses trous de mémoire, c'est pas tous les jours la fête. Et qu'est-ce qu'elle peut être douillette, la vioque ! C'est compliqué pour lui faire les soins. À moins de la faire chanter. Ah ça, c'est un truc complètement dingue, dès qu'elle chante, c'est fini, elle se rappelle de tout, paroles et musiques, et elle se calme, devient douce et charmante. Impressionnant. Si ça continue, Muriel va devoir faire un deuxième stage à la maison de retraite où vit son arrière-grand-mère, pour étoffer son répertoire de chansons. Sinon ça va être l'enfer, ici !

Et puis, Simone. Qui fait sa cheftaine, juste parce que c'est la plus jeune des deux et qu'elle tient encore la forme. Énervante. En même temps, tout ce qu'elle fait, c'est pour Hortense, ça part d'un bon sentiment, on ne peut pas lui en vouloir. Elle a tellement peur de la perdre, la pauvre. Sûr et certain que le jour où ça arrivera, elle se laissera mourir, direct, rien ne la retiendra plus. C'est comme ça quand on passe autant d'années collé à quelqu'un ! On n'a plus de vie personnelle. Muriel trouve ça pathétique. En tout cas, de ce côté-là, elle est tranquille, ça ne risque pas de lui arriver, elle est hyper indépendante.

Et puis, Guy, l'astucieux, le sauveur de vélos morts, le concocteur de plannings inutiles. On dirait qu'il cultive ses insomnies comme il le ferait d'un jardin. Avec des petits carrés de gardénias – qu'il s'obstine à appeler camélias, encore une lubie de vieux, ça – et puis des plates-bandes qu'il parsème de soucis-Gaby, de fleurs d'absinthe pour son absente, de petites touches de Mireille-la-merveille, et de grands massifs de Lulus, pour faire péter les couleurs… Non, sans déconner, il est sympa ce type-là. Et agaçant à la fois avec ses petites manies. Mais Muriel adore le vélo qu'il lui a offert. Il est tellement spécial que personne n'aura l'idée de le lui voler. Même si elle oublie de mettre l'antivol ! Garanti 100 %.

Et Ferdinand, bien sûr. Celui qui croit être discret avec ses gros sabots. Sûr d'avoir réussi à planquer la grosse blessure qui lui barre la poitrine. Non, mais vraiment, c'est trop marrant ! Il fait genre celui qui n'attend plus rien, le vieux sage rangé des voitures. Mais putain, il n'a que soixante-dix ans ! Il n'a pas les yeux en face des trous, ce gars-là. Muriel pense que s'il était moins con, il les ouvrirait en grand, et il verrait qu'elle n'est pas encore finie, sa vie. Il verrait…

Marceline. La plus jeune des cinq, celle avec qui on peut parler sans se gêner, qui comprend les choses à demi-mot et qui aime rigoler. Sauf que, bizarrement, sous son air tranquille, elle cache un truc encore plus douloureux que les autres. Elle a réussi à se fondre dans le décor, malgré son petit accent, sa charrette tirée par un âne et autres trucs du même genre. Mais il n'empêche que Muriel a toujours envie de lui demander pourquoi elle s'est enterrée ici, qu'est-ce qu'elle est venue faire dans ce trou paumé. Il y a quelque chose qui cloche. À part ça, elle est complètement givrée, comme les autres. Son histoire d'âne à qui il faut demander s'il est d'accord ou pas pour vous trimballer, gros délire…

Les vacances de Noël tombent à pic. Muriel peut enfin se lever tard et faire la sieste l'après-midi. Elle a du sommeil à rattraper. Le reste du temps, elle soigne Hortense, révise ses cours, aide à préparer les repas. Pas le temps de s'emmerder. En plus de ça, Mireille lui a proposé du travail au restaurant : trois soirées et un déjeuner. Avec le fric, elle a déjà décidé ce qu'elle allait s'offrir. Des fringues. Depuis qu'elle mange régulièrement, elle a pris plusieurs kilos et elle ne rentre plus dans aucun de ses pantalons.

52

Dénoisillage

Il est à peine cinq heures du soir et il fait déjà nuit. Ludo marche au rythme des pas de Cornélius, une main posée sur son encolure, l'autre sur le dos de Berthe. Entre eux deux, il est en sécurité. Son imagination peut vagabonder tranquille. Il est seul, ses parents ont été faits prisonniers par des ennemis, mais lui, avec son âne Cornélius et sa chienne Berthe, il a réussi à s'échapper, c'est pour ça qu'ils marchent depuis des heures, c'est mieux la nuit pour éviter de se faire repérer, mais ils doivent faire gaffe à ne pas faire de bruit, pas tousser, pas éternuer, pas aboyer, même pas péter, ça c'est un truc difficile pour un âne, mais Cornélius, c'est pas un âne normal, il comprend tout, alors il serre les fesses, se retient de péter parce qu'il a très bien compris que c'était dangereux, ça pouvait les réveiller, les méchants, ce serait terrible, ils prendraient leurs fusils et leur tireraient dessus pour les tuer, tellement ils sont cruels, bon, maintenant ils sont hyper fatigués, la preuve, la chienne a la langue qui pend jusqu'à par terre, elle va peut-être mourir de soif si ça continue, il faudrait trouver de l'eau pour la sauver, mais il n'y a plus de robinets, à cause de la guerre, ils les ont tous fermés, c'est pas grave, il va trouver une rivière, mais d'abord il faut qu'ils se reposent, c'est crevant de marcher pendant des heures, ah, une grange abandonnée, ils vont pouvoir se cacher dedans et dormir sur la paille, mais avant de se coucher, ils vont manger, leurs ventres commencent à gargouiller, tellement ils ont faim, mais c'est chouette, ils ont des tas de provisions, trois grands sacs de noix dans la charrette, ils les ont volés dans la maison d'une dame, elle était morte de froid, son toit était cassé, la pauvre, quand ils sont arrivés chez elle, c'était trop tard, ils n'ont pas pu la sauver…

Cornélius s'arrête devant la porte de la grange et Marceline descend les trois grands sacs de noix de la charrette. Après l'avoir dételé, elle flatte l'encolure de son âne, lui murmure à l'oreille *Merci pour ton travail et bonne nuit, Cornélius chéri.* Il hoche la tête, se tourne vers Ludo, le bouscule un peu en se frottant contre lui, donne un coup de museau à Berthe en passant et entre dans son box pour se coucher.

Autour de la table de la cuisine, Hortense et les Lulus cassent les noix avec un marteau. Ferdinand, Guy, Marceline et Muriel trient. Ils ne doivent laisser aucune écale, c'est important. Quand ils auront fini de dénoisiller, Marceline emmènera le tout au moulin. Elle espère en tirer une dizaine de litres d'huile. Ludo calcule : pour faire un litre d'huile, il faut deux kilos de noix décortiquées, soit environ six kilos de noix non décortiquées. Sachant qu'en une soirée, ils en décortiquent… Ah la vache, ils en ont jusqu'à Noël, à ce train-là !

Ils jouent à *ni oui ni non* en tapant sur les coquilles. Les enfants posent les questions. Évidemment, quand ça tombe sur Hortense, elle perd à chaque fois. Ils trouvent ça trop marrant. Mais elle, ça commence à l'énerver. Simone fait les gros yeux en s'activant sur son tas de noix. Elle aimerait bien qu'ils changent de jeu avant que ça ne dégénère.

— Muriel, est-ce que tu es contente de ta nouvelle maison ?

— Absolument.

— Ferdinand, est-ce que tu aimes boire le vin de prune ?

— Bien sûr.

— Tonton Guy, est-ce que tu dors beaucoup quand c'est la nuit ?

— Pas trop.

— Marceline, est-ce que tu trouves que Ferdinand est gentil ?

— Très.

— Simone, est-ce que tu es un peu très vieille ?

— Euh… beaucoup.

— Hortense, est-ce que tu adores manger nos recettes de cuisine ?

— Ah ben, ça oui alors !

Les enfants sont hilares, Hortense fulmine.

— Il est complètement idiot, ce jeu-là. Et puis, vous pourriez pas poser des questions un peu plus intelligentes, non ? On dirait que ça vous fait plaisir de me faire perdre. C'est pas croyable, ça !

53

Canne, bis repetita

Ferdinand va faire un tour au restaurant. Dire bonjour à Roland. Ça fait un moment qu'il ne donne plus de nouvelles, ne répond pas au téléphone, ne rappelle jamais, même si on laisse des messages sur le répondeur. Quand il demande à Mireille s'il va bien, elle reste évasive, répond : Je crois, je sais pas, appelez-le, il vous le dira lui-même. Ça l'inquiète.

Il pousse la porte, la clochette tinte, personne. Dans la cuisine, pas de bruit. Au pied de l'escalier qui conduit à l'appartement, il appelle, pas de réponse. Il se dit qu'il va aller boire un verre, en attendant son retour. Il ne peut pas être parti bien loin, il n'aurait pas laissé la porte ouverte, sinon. En effet, Roland est assis à la terrasse du café d'en face. Ferdinand écarquille les yeux : il fume une cigarette, ce p'tit con ! Il le fait chier depuis des années parce qu'il fume la pipe une fois par jour, et là, il fume une cigarette ! Et le cendrier sur sa table est plein ! En plus, à côté du cendrier, il y a un verre de vin blanc. Du vrac, forcément, il n'a que ça, en blanc, le patron du café d'en face. Là, il se marre. Il traverse la place pour le rejoindre, Roland ne le voit pas arriver, trop occupé à mater une jeune femme perchée sur des talons qui s'approche de sa table. Au moment où elle passe devant lui, elle trébuche et tombe. Il veut l'aider à se relever, elle l'envoie balader et s'éloigne en jurant comme un charretier. Me touche pas, gros con, ou j'te fous mon poing dans la gueule !

Ferdinand s'assied à côté de lui.

— Elle est belle, cette canne-là. Mais tu sais, à force de faire l'idiot avec, tu vas finir par provoquer un accident…

— Ah, elle est bonne, celle-là ! Mais qu'est-ce que tu fais dans le coin, p'pa ? Je ne t'ai pas vu arriver.

— Je venais te dire bonjour.

— C'est gentil, ça.

— Ça fait des jours et des jours que tu ne réponds pas au téléphone, je commençais à m'inquiéter.

— C'est gentil de t'inquiéter pour moi.

— Mais, c'est normal, fiston.

Il se racle la gorge.

— Ça va, sinon ?

— Oui, pourquoi ?

— Pour rien. Bon, alors comme ça, tu t'es mis au vin blanc de la concurrence ?

— Eh oui.

— Il est mauvais, hein ?

— Non, il est ignoble.

— Ah ben oui, c'est ce que je pense aussi.

Ils en recommandent quand même deux verres chacun, histoire de garder de bons rapports avec le voisinage, puis, après avoir lancé au patron, Salut, Paulo, à la prochaine !, ils retournent au restaurant. Là, Roland va chercher une bouteille de chablis blanc, invite Ferdinand à s'asseoir à une table, sert les verres. Enfin, ils respirent, il est bon celui-là, ça réconcilie avec la vie, nomdediou !

Ferdinand lui fait part de son projet : ajouter une clause à son testament. Dans le cas où il lui arriverait quelque chose, il aimerait que Guy, Marceline, Simone et Hortense puissent rester vivre tranquillement à la ferme, bref, il veut leur donner l'usufruit. C'est normal, t'es d'accord, Roland ? Roland trouve ça normal et il est d'accord. Lui, de toute façon, il considère avoir déjà touché sa part d'héritage avec le restaurant, à la mort d'Henriette. Et la ferme, il préfère ne pas le dire à son père pour ne pas lui faire de peine, mais il s'en branle com-plè-te-ment. En revanche, ça va peut-être poser un problème avec Lionel, non ? Non, Ferdinand en a déjà parlé avec lui au téléphone et l'Australien n'y voit aucun inconvénient. Il s'en doutait déjà, mais il a été très honnête, il a dit que la ferme, il s'en branlait complètement. Ah bon, il a dit ça, Lionel ? Foc ze farm, ce sont les termes qu'il a employés, ensuite il a traduit. Parfait, alors c'est réglé. Ils peuvent parler d'autre chose, maintenant.

Ça ne vient pas tout de suite. Il y a d'abord quelques soupirs et quelques mouais… Enfin, ça sort.

Pas facile de se retrouver tout seul, dis donc. Ah ça, c'est sûr, il en connaît un bout sur la question, le Ferdinand. Tu te réveilles le matin, personne. Tu te couches le soir, personne. Et tu te demandes, certains jours, à quoi bon continuer à ramer comme un con. Eh ouais… Soupir. Silence. Gorgée de vin. Resoupir. Ferdinand pense que c'est le moment de donner des conseils. Classiques : les enfants, le travail, et tout ce qui s'ensuit. Roland compte les mouches au plafond. À la fin de la bouteille, Ferdinand change de ton, il s'anime, s'exalte, suggère… une reconquête ! Mais Roland ricane amèrement, secoue la tête d'un air désenchanté. Alors, tant pis, si c'est râpé pour ce coup-ci, il faut passer à autre chose, réagir, ne pas rester isolé, sortir le soir, aller au bal, dans les boîtes de nuit, tout ne s'arrête pas là, merde, il y a d'autres femmes à rencontrer dans la vie que Mireille ! Roland se lève et balance *Parle pour toi, p'pa* avant de redescendre chercher une autre bouteille à la cave. Ferdinand ne voit pas le rapport et grommelle dans sa barbe *Mais qu'il est con !*

À la fin de la deuxième bouteille, Roland a un creux. Il invite Ferdinand à dîner. C'est le jour de fermeture, ils sont libres de faire ce qui leur plaît. Alors en entrée… il ouvre la porte du frigo, jette un œil… une cassolette d'escargots au beurre d'orties, ça te dit ? Et ensuite, un petit cuisseau de sanglier, mariné au champagne, rôti au four et servi avec une poêlée de cèpes ? Là, Ferdinand fait la moue. D'où ils viennent, tes cèpes, il demande, méfiant. Un copain, répond Roland. Un gars de la région ? Ben oui. Ah, le salaud, ça doit être lui qui a découvert mon coin.

Ils ont passé un très agréable moment. Un peu trop arrosé, bien sûr, mais avec des fous rires et quelques larmes aussi, l'alcool, c'est propice aux débordements.

Après réflexion, ils se sont rendu compte que c'était la première fois qu'ils passaient toute une soirée ensemble, juste eux deux, sans personne d'autre autour. Ça les a interloqués. Nom d'un chien. C'était donc bien une première rencontre en tête à tête entre un père de soixante-dix ans et un fils de quarante-cinq… Ils ont gardé le silence un moment devant ce constat accablant. En cherchant à positiver, Roland a sorti une banalité : mieux vaut tard que jamais, et Ferdinand a haussé les épaules en grimaçant. Il trouvait qu'il n'y avait pas à tortiller. C'était tout simplement triste d'avoir perdu autant de temps. Pour lui, Ferdinand, de se rendre compte seulement maintenant que son fiston n'était pas juste un p'tit con. Et pour Roland, que son père n'était pas qu'un vieux naze.

54

Marceline raconte

Je flotte un peu, ça me fait toujours ça à la fin d'un récital, l'impression que mes pieds ne touchent pas le sol. C'est très agréable. Très envie de faire durer, ne pas atterrir trop vite, surtout… Je rentre dans ma loge, m'assieds devant la glace. Mon portable bipe, j'ai reçu un message pendant le concert. Je ne reconnais pas le numéro et décide de l'écouter plus tard. D'abord, me démaquiller et me changer. Je pense qu'à partir de ce moment-là, tout se met à tourner au ralenti. Enfin, non, je sais bien que ce n'est pas vrai, mais c'est l'impression qu'il me reste. Ma mémoire a tout distordu, a étiré le temps, sûrement. Bon, je reprends le téléphone et j'écoute le message. La voix me demande de rappeler un numéro. D'un seul coup, j'ai très froid. Ça m'agace. Je pense que quelqu'un a dû laisser une fois de plus la porte de service ouverte, celle qui donne sur la rue derrière le théâtre. Mais en fait, ce n'est pas ça… Je fais le numéro, me trompe plusieurs fois avant d'y parvenir, enfin une voix me demande sèchement mon nom, me dit de patienter, puis c'est une voix de femme plus douce, plus posée qui reprend, Madame, quelque chose est arrivé. Je voudrais ne pas écouter la suite, interrompre cette absurdité, mais je ne raccroche pas, je me lève de ma chaise, et la voix prononce le nom de mes deux filles, mon sang se fige, elle dit qu'elles ont eu un accident, je tombe à genoux, mon ventre se déchire, la voix cherche à gagner du temps, je gémis, je crie, elle reprend, elle dit que le choc a été brutal, elles n'ont pas dû se rendre compte de ce qui leur arrivait. Mais non ! Je ne veux pas entendre ! Je ne veux pas écouter ! Vous vous trompez ! Elle dit qu'elle est désolée… Je vous en prie, non, s'il vous plaît. Laissez-moi revenir en arrière, tout effacer, ne pas rappeler ce numéro. Si seulement j'avais raccroché avant, peut-être que… Je voudrais que cette voix n'ait jamais existé, n'ait jamais prononcé ces mots. Je voudrais… que ce soit elle qui soit morte !… Excusez-moi… c'est idiot… ça me dévaste toujours autant. J'aimerais marcher un peu.

Ferdinand tient Marceline par le bras. Il fait nuit et il fait froid. Ils se promènent un long moment sans parler. Et puis ils rentrent. Ferdinand fait chauffer de l'eau, prépare une tisane. Ils s'asseyent côte à côte près du poêle et aussitôt les chats arrivent et se lovent sur leurs genoux. Malonette a le ventre un peu rond. Ferdinand dit naïvement qu'elle a encore dû se taper trop de mulots, la jolie chasseresse. Et Marceline ne peut s'empêcher de sourire. Vraiment, vous êtes un homme charmant et drôle, Ferdinand, elle aimerait lui dire. Elle y arrive presque. Mais non, les mots restent sur le bout de sa langue.

Ferdinand en sait maintenant un peu plus long sur les deux filles de Marceline.

Qu'elles étaient belles, qu'elles auraient pu déplacer des montagnes. Elles avaient envie de tout faire, tout apprendre. Même à réparer le toit bancal de la maison qu'elles venaient d'acheter ! Rien n'était impossible. Elles venaient toutes les deux de se séparer de leurs fiancés respectifs – des jumelles, elles font souvent les choses en même temps –, elles allaient tout recommencer à zéro, ensemble. Et puis, leur route a croisé celle d'un jeune homme triste. Et, sans le faire exprès, il les a emportées avec lui. Elles avaient vingt-cinq ans et lui, dix-neuf. Marceline imagine ce qu'elles ont dû lui dire, comment elles ont dû l'engueuler, le pauvre garçon, une fois de l'autre côté. Hé ! C'est quoi ce bordel ? Qu'est-ce que t'as foutu ? T'aurais pas pu te bourrer la gueule et rester chez toi peinard, espèce de trou du cul ! Ta meuf te plaque, et toi, tu te fous en l'air ! Mais c'était une tache, cette fille ! Elle valait pas un clou. T'aurais pu en rencontrer une mieux. Une avec qui t'aurais fait le tour du monde, t'imagines ? Maintenant, tintin. Plus rien. Que tchi. Et tes parents, t'as vu dans quel état tu les as mis ? Tu sais qu'à partir d'aujourd'hui, ils vont croire jusqu'à la fin de leur vie que c'est de leur faute si tu picolais comme un trou ? Ils vont croire qu'ils ne t'ont pas assez aimé, qu'ils n'ont pas su. C'est dégueulasse. Toi, tu le sais bien qu'ils ont fait ce qu'ils ont pu. Et regarde notre rem. Elle non plus elle s'en remettra jamais de nous avoir perdues. C'est nul, ton truc. OK,

OK, c'est vrai, tu n'y es pour rien. La vie est une pute et on finit tous par mourir, c'est comme ça. Mais on a le droit de trouver ça chiant ! Allez, arrête de pleurer. Oui, c'est dur et ça va sûrement leur prendre des années, mais ils finiront par se débrouiller sans nous, nos vieux, tu sais… Bon, on se casse. Si t'as trop peur tout seul, t'as qu'à venir avec nous… Berthe est la seule à s'en être sortie indemne. Ce sont les gendarmes qui l'ont gardée avec eux jusqu'à l'arrivée de Marceline, deux jours plus tard. Elle est descendue du train avec juste sa petite valise et son violoncelle. C'est la première fois qu'elle venait là. Les filles avaient prévu de faire les travaux et de l'inviter à la fin de sa tournée, pour lui faire la surprise. Elle a eu du mal à trouver la maison. L'âne et le chat étaient restés seuls pendant plusieurs jours. Cornélius avait réussi à ouvrir la barrière de son enclos et broutait tout ce qu'il trouvait dans le potager et autour de la maison. Mais Mo-je, le chat de Danuta, avait toujours vécu en appartement, il ne savait pas encore chasser et était assez mal en point. Alors, même si elle n'avait pas d'autre envie, à ce moment-là, que de s'évanouir, disparaître, se fondre dans la terre, se dissoudre dans l'atmosphère, elle n'en a pas eu la possibilité. Berthe, Mo-je et Cornélius étaient là et avaient besoin d'elle. Ils étaient son héritage, elle n'avait pas le droit de les abandonner. Alors elle est restée. Pour eux. Et elle n'est plus jamais retournée en Pologne. Elle a fait une croix sur son passé. Certains jours, il lui arrive de calculer le temps qu'il lui reste. Juste comme ça, pour avoir une idée. Elle s'est renseignée sur la durée de vie moyenne des chats et des chiens, et celle des ânes aussi. Donc, elle a appris qu'un chien pouvait vivre jusqu'à dix-huit ans, un chat, jusqu'à vingt-cinq, et un âne, jusqu'à quarante. Un sacré bail. Ça l'a aussi intéressée de savoir qu'une poule ou une oie pouvaient atteindre dix-huit ans, un corbeau, cinquante, et une carpe, soixante-dix…

55

Sortie de lycée

Guy et Ferdinand sont assis sur un banc, pas loin de la sortie de l'établissement. De là, ils peuvent voir l'heure à l'horloge et surveiller les entrées et les sorties aisément. Ils ont un peu le trac. À quatre heures et demie, la sonnerie retentit, les portes s'ouvrent, les élèves sortent en courant dans la rue. Ils se lèvent du banc. Un groupe de jeunes gens se forme pas loin d'eux, ils sont bruyants, discutent tous en même temps, chahutent, se donnent de grands coups avec leurs sacs. Les deux hommes s'approchent, Ferdinand se racle la gorge, s'excuse de les déranger, mais il aimerait leur poser une petite question. Tous s'arrêtent en même temps, le regardent de travers. Ferdinand, mal à l'aise, demande si par hasard, l'un d'entre eux ne serait pas à la recherche d'un logement. Les garçons ont l'air méfiants. C'est qui ces deux vioques, qu'est-ce qu'ils veulent, bizarre de faire la sortie d'un lycée à leur âge, ils sont pas clairs… Mais l'un des garçons les reconnaît, il les a déjà vus au café de son oncle, ce sont des paysans à la retraite. Rassurés, ils se concertent. Ah mais oui, c'est Kim qui va bientôt se retrouver SDF ! Ils crient son nom. Il finit par arriver en traînant des pieds. Keskispass ? Effectivement, les gens chez qui il loue sa piaule veulent la récupérer, il va devoir jarreter dans pas longtemps. C'est quoi le plan ? Les deux bonshommes, là, ils ont peut-être un truc. Cool, et le loyer, c'est combien ? Ferdinand et Guy lui proposent de venir s'asseoir sur le banc pour discuter tranquillement.

Alors voilà, en fait, ils ont bien une chambre, mais ce qu'ils cherchent surtout c'est quelqu'un qui accepterait de faire quelques heures de travail par semaine dans un jardin potager. C'est malin, se moque le jeune homme, comme par hasard, il est étudiant au lycée agricole ! Sauf qu'il préfère les arrêter tout de suite et être honnête : lui, le jardinage à l'ancienne, c'est pas sa came. Son truc, c'est la culture sans chimie, sinon, laisse tomber. Ferdinand et Guy se regardent, ça colle pour eux. Admettons, ajoute le jeune homme, mais il y a un autre problème : la chambre, combien ils en veulent ? Parce que lui, il est plutôt du genre fauché. À leur tour de se moquer. Guy précise que c'est bien contre quelques heures par semaine de jardinage qu'ils offrent le logement, la nourriture et la blanchisserie. Kim ouvre de grands yeux. Si ça ne tenait qu'à eux, ils concluraient l'accord tout de suite, mais il va d'abord falloir qu'il rencontre la responsable. Et sa colocataire, aussi. Ça ne va pas être facile. La responsable, c'est une vieille chouette acariâtre, très à cheval sur les principes, étroite d'esprit et tout le toutim. Ils s'amusent à noircir le tableau. Mais le môme les écoute sans broncher. Ça n'a pas l'air de l'effrayer. C'est ce qu'ils recherchent, quelqu'un qui n'a pas froid aux yeux. Ils sont conquis. Avec Marceline, ils sont certains que ça va bien se passer. Muriel, en revanche, c'est moins sûr. Kim est chaud. Il aimerait rencontrer la responsable aussitôt que possible. Ni une ni deux, ils décident de l'emmener.

Bien entendu, ils ne l'ont pas prévenue. Donc, Marceline croit que Kim est un jeune étudiant curieux de jardinage, qui vient visiter une ferme pour se documenter. Très naturellement, elle l'emmène voir son domaine. Il n'y a pas grand-chose au potager en hiver, tout est plus ou moins au repos. Mais il y a quand même des poireaux, des choux, de la mâche, des épinards, de l'oseille, des radis noirs. Elle lui explique sa façon de travailler. Il a l'air de s'y connaître, parle compost, rotation des cultures, fleurs à planter entre les rangs pour lutter contre les ravageurs. Elle répond purin d'ortie, décoction de prêle, cendres de bois. Riche en potasse et efficace contre les limaces, aussi. Saviez-vous qu'une limace pouvait vivre six ans ? Ah, c'est ouf, ça ! Et un ver de terre ? Il y en a qui atteignent les dix ans ! Waouw, dingue !

En revenant du potager, trop occupés à discuter, ils passent sans s'arrêter devant le banc où sont assis Ferdinand et Guy, et entrent dans l'ancienne laiterie. Marceline montre à Kim son matériel d'apiculture, ouvre un pot de miel, lui fait goûter. Il aime, en reprend. Elle le trouve adorable, ce garçon, passionné, curieux de tout, il pose des questions pertinentes, c'est intéressant. Cornélius, un autre grand curieux, passe la tête par la porte pour voir de plus près le nouvel arrivant, le renifle, se frotte contre son épaule, lui marche sur les pieds. Il n'est pas le seul à s'intéresser. Depuis son arrivée, Berthe non plus ne le lâche pas d'une semelle.

Ils repassent devant le banc, toujours sans s'arrêter, entrent dans la cuisine. Marceline ressort aussitôt pour annoncer aux deux compères qu'elle a invité le petit à rester dîner. Ferdinand et Guy se congratulent. Leur plan est en train de fonctionner.

Quand Muriel arrive, ils vont la voir, lui expliquent ce qu'ils ont manigancé. Évidemment, elle fait la gueule. Elle était peinarde ici toute seule. Maintenant, elle va devoir partager son espace, changer ses habitudes, ranger ses affaires, laver la vaisselle qui traîne dans l'évier, éviter de faire sécher ses petites culottes et ses soutifs devant le poêle. Ça la fait grave chier, leur histoire. Mais, ils la rassurent, les choses ne sont pas encore décidées. Marceline n'est toujours pas au courant et elle peut tout à fait refuser. Muriel soupire, elle aimerait bien que ça se passe comme ça. Elle pousse la porte de la cuisine, le visage fermé, reconnaît Kim, le gars qui bosse quelquefois avec elle au restaurant. Elle l'aime bien, il est marrant ce type-là. Il est étonné de la voir, lui demande ce qu'elle vient faire ici, elle l'invite à visiter son appart.

Avant de se mettre à table, Guy regarde Ferdinand en roulant des yeux. Il veut lui faire comprendre que c'est le moment ou jamais de parler à Marceline. Ferdinand ne peut plus éluder, il s'approche d'elle, lui demande si elle veut bien l'accompagner dehors, il a quelque chose d'important à lui dire. Elle accepte, intriguée. Il commence par évoquer le potager, le fait qu'elle ait tout à gérer toute seule, la masse de travail en plus qu'elle va avoir dès l'arrivée du printemps, surtout maintenant qu'ils sont six à la maison… Tout ça ne sonne pas très naturel, elle l'interrompt, lui demande de parler clairement, d'autant plus que le gratin de patates douces risque de brûler s'ils ne se dépêchent pas de rentrer. Il tergiverse encore un peu, finit par lui raconter leur idée, à lui et à Guy. Elle fait la moue, vexée de n'avoir rien vu venir. Mais, elle ne peut pas le nier, elle dormait mal la nuit depuis quelque temps en pensant à tout ce qui l'attendait. C'est sûr qu'avec de l'aide, ça ira beaucoup mieux. Ils marchent, côte à côte, en silence. Juste avant de rentrer, elle veut dire merci, se tourne vers lui, sourit et l'embrasse… sur la joue. En réalité, elle voulait l'embrasser sur la bouche, mais au dernier moment, elle a dévié. La prochaine fois, peut-être. *Może*, elle osera. Non, la prochaine fois, elle le fera, c'est sûr ! Ça devient ridicule, toutes ces hésitations, on dirait vraiment des ados.

Voilà.

C'est comme ça que les choses se sont passées le jour où Kim est arrivé à la ferme.

56

Kim la tornade

Kim était tellement pressé de s'installer qu'il a négocié le soir même avec Muriel de pouvoir dormir dans la cuisine sur un lit de camp, en attendant de nettoyer et repeindre la chambre à l'étage. Elle a accepté. Mais au début, elle n'était pas sûre que ce soit une bonne idée. De partager son espace, ça allait l'obliger à s'habiller pour aller aux toilettes, marcher sur la pointe des pieds pour vérifier ce qu'il restait à grignoter dans le frigo, éviter d'allumer la lumière la nuit, ou se retenir de péter quand elle en avait envie. Elle avait pris goût à la vie en solitaire, elle allait forcément regretter. Mais très vite, elle a changé d'avis. Parce que, vraiment, c'était sympa de pouvoir tchatcher avec quelqu'un jusqu'à trois heures du mat, de rigoler à deux comme des baleines, de faire des batailles d'oreillers ou de se raconter des histoires perso, et même quelques secrets. Du coup, tout ce qui aurait pu poser problème au niveau de l'organisation s'est avéré facile à régler. Pour la salle de bains, elle aimait prendre une douche le soir, lui, il préférait le matin. Nickel. Elle avait souvent des insomnies, il était plutôt du genre à comater, à elle, donc, de recharger le poêle la nuit. Parfait. Elle avait le réveil difficile, lui, une fois debout, il était à fond, préparait le café et les tartines et venait lui faire des guilis dans le cou. Génial. Le trajet en vélo pour aller à l'école, c'était l'angoisse, parce qu'en cette saison, il faisait encore nuit, maintenant, à deux, c'était amusant. Cool. Il avait une copine, elle était célibataire et comptait bien le rester, surtout depuis le fiasco de sa dernière *love affair*, ils seraient donc comme frère et sœur. Idéal.

Kim, la tornade. Il est arrivé un mardi soir. Le mercredi matin, il a nettoyé de fond en comble sa future chambre, l'après-midi, il a préparé la peinture (la recette de Marceline à la purée de pommes de terre) et le soir, il a mis la première couche. Le lendemain, jeudi, en rentrant des cours, il a passé la deuxième, et le vendredi soir, il s'est installé.

C'était parfait. Juste un petit problème : internet, ça manquait trop ici. Il a plaidé. La planète, la culture, l'humanité entière étaient à portée de main. Pourquoi refuser le progrès ! C'était complètement idiot de ne pas en profiter. Lui et Muriel pourraient leur apprendre à naviguer, à se servir d'une souris, les aider à chercher des infos, à trouver des sites intéressants sur des tas de sujets, jardinage, mécanique, cyclisme, dauphins et baleines, tricotage, filage de la laine, il n'y avait pas de limite. Ils pourraient visiter des musées sans se déplacer de leur fauteuil, écouter des orchestres philharmoniques, voyager dans le monde entier, visiter le Taj Mahal ! Ils allaient adorer ça.

Guy s'est renseigné. Par rapport à ce qu'ils payaient déjà, ça ne leur reviendrait pas beaucoup plus cher de prendre un abonnement tout en un, internet-télévision-téléphone. Il a aussi regardé le prix des ordinateurs. Avec les économies qu'ils avaient faites, ils auraient largement de quoi en acheter un. Et il a ajouté que les gamins seraient contents. Ils ont tous voté pour, évidemment. Et Muriel a sauté de joie.

Hortense est très excitée, elle veut apprendre à surfer sur le oueb ! Cliquer sur le dos d'une souris ! Se mettre de profil sur fesse bouc ! Elle adore ses deux nouveaux amis, surtout le petit jeune homme, là, elle le trouve rigolo, intéressant et beau… ah lala. Il lui rappelle un peu Octave, son mari d'un jour, hein, Simone ? Avec ce visage d'ange, on lui donnerait le bon dieu sans confession, t'es pas d'accord ? Quand Hortense fait sa midinette, Simone hausse les épaules et soupire. Ça la fatigue. Elle est tellement persuadée dans ces moments-là de n'avoir que vingt ans, ça ne rimerait à rien de lui rappeler qu'elle en a soixante-quinze de plus. Alors, c'est simple, elle ne dit rien, et elle attend que ça passe, c'est tout.

57

Travaux, projets et informatique

Mois de mars.

Avec Marceline, les travaux au jardin démarrent à peine. Pour produire de quoi nourrir les sept personnes de la maisonnée et avoir, aussi, de quoi vendre sur le marché, Kim et elle ont bien réfléchi, ont fait quelques calculs et en sont arrivés à la conclusion qu'elle allait devoir s'agrandir. Ils ont donc réquisitionné le potager de Ferdinand. Il n'a pas râlé, le jardinage, ça lui faisait mal au dos. Ils ont commencé à préparer quelques parcelles, étalé du fumier d'âne composté sur certaines, paillé les autres. Kim a choisi un coin pour planter des boutures de framboisiers et de groseilliers. Il adore ça.

La viande, ça n'est pas trop l'affaire de Marceline, il l'a bien compris. Alors, un soir, il a posé la question à Guy et à Ferdinand. Un petit élevage de poulets, qu'est-ce qu'ils en pensaient ? Avant qu'ils aient le temps de répondre, il a ajouté qu'il était prêt à s'en occuper, ça ne lui prendrait pas trop de temps. Et au moins, ils pourraient tous manger de la viande de bonne qualité, de temps en temps. Garantie sans antibio, sans hormones et sans OGM. Les deux hommes étaient très pour. En fait, personne n'était contre. Les légumes, c'était bon, mais tout seuls, à force, ça devenait lassant. Le problème, c'était la nourriture des volailles. Ils sont allés voir le petit champ derrière la ferme. Celui que Ferdinand n'avait pas loué à son voisin Yvon. Il le laissait en friche, il n'y avait que Cornélius qui s'en servait pour l'instant. Kim a proposé de le cultiver, ce seraient ses travaux pratiques. Le tracteur était en bon état, il apprendrait à s'en servir. Et puis, Simone a ajouté que chez elle, quand elle était petite, ils donnaient des orties hachées mélangées aux céréales et ça marchait très bien. Quand ils ont parlé abattage, il a avoué n'avoir pas très envie de s'en charger. Guy, lui, ça ne le dérangeait pas. Bon, ils verraient. De toute façon, Kim connaissait un gars qui était apprenti boucher, il pourrait lui demander, et en échange, lui en donner quelques-uns. Ils se sont tapé dans les mains. Il ne restait plus qu'à trouver les semences et les poussins.

Quand l'ordinateur est arrivé à la ferme, Kim et Muriel ont montré aux vieux comment s'en servir. Hortense n'a rien compris au maniement de la souris, mais a tout de même trouvé ça terriblement passionnant. En revanche, Guy s'est révélé très doué. Il s'est mis à passer une grande partie de ses nuits blanches à surfer, à naviguer, à explorer la toile. Un matin, au petit déjeuner, il a lancé l'idée de créer un site. Il pensait que ce serait intéressant de faire connaître à d'autres leur expérience, d'expliquer comment ils vivaient tous ensemble, les avantages, les inconvénients, et tout ça. Kim a prévenu : ils ne pourraient pas compter sur lui et Muriel pour les aider, ils n'y connaissaient rien du tout, c'était vachement compliqué. Ça ne les a pas refroidis. Ils ont réfléchi au nom qu'ils allaient lui donner, et Guy a proposé : solidarvioc.com.

Pas très joli, pas très poétique, mais ça voulait bien dire ce que ça voulait dire, alors ils ont dit OK. Et Guy s'est mis au travail.

58

Un léger coup de blues

Un soir, après dîner, alors qu'ils étaient assis dehors – les anciens sur le banc, Hortense dans sa chaise roulante et les deux jeunes sur des tabourets –, Kim, pour la première fois depuis son arrivée, a parlé de ses parents. Ils vivent à une soixantaine de kilomètres de là et ça fait presque cinq mois qu'il ne les a pas vus. Ils lui ont coupé les vivres. Ça faisait trop longtemps qu'il n'en branlait pas une en cours, ils en ont eu marre. Il ne leur en veut pas, à leur place, il aurait fait pareil. Ils lui manquent. Pendant les vacances de Noël, il aurait pu y aller, mais à la place, il était resté travailler au restaurant pour gagner un peu de thunes. Qu'il a claquées en achetant des conneries. Maintenant, il regrette. Parce que… peut-être qu'à force de ne plus se voir, on finit par s'oublier.

Personne n'a rien dit, mais tous ont hoché la tête.

Sa petite sœur a cinq ans, elle s'appelle Mai (il a prononcé *maille*). C'est un prénom vietnamien, il signifie : fleur d'abricot.

Sa mère s'appelle Ai Van (*aille vane*), celle qui aime les nuages.

Forcément, Hortense a demandé ce que voulait dire le sien. Il a bien fallu qu'il réponde.

Kim, ça veut dire : or.

Elle a trouvé ça magnifique. Et puis, elle a demandé le nom de son père. André ? Ah ben, c'est sûr, c'était moins poétique, mais c'était joli tout d'même.

Pendant que tout le monde rentrait se coucher – sauf Guy, qui avait prévu de passer quelques heures devant l'ordinateur pour travailler sur leur site –, Ferdinand a proposé à Kim d'appeler ses parents et de les inviter à venir déjeuner avec eux un de ces jours. Ils seraient tous heureux de les rencontrer, ici. Et puis, comme ça, il pourrait leur montrer l'endroit où il habitait. Oui, il allait leur demander.

59

Ferdinand et ses plaques

— Salut, p'pa.

— Salut, fiston.

— Tu sais pourquoi j'appelle ?

— Comment veux-tu que je sache ? Je suis pas voyant.

— Tu sais quel jour on est, quand même ?

— Oui, pourquoi ?

— Mais parce que…

La voix de Roland se brise. Il sanglote doucement.

— Qu'est-ce qu'il y a, Roland ? Il est arrivé quelque chose ?

— C'est l'anniversaire de la mort de maman et tu ne t'en rappelles même pas.

— Ah, c'est ça…

Ferdinand respire. Il commençait déjà à imaginer des choses terribles. Les enfants malades, Mireille victime d'un accident, le feu au restaurant… Décidément, ce garçon dramatise tout. Ça fait six ans qu'elle est trépassée, l'Henriette. Il a bien eu le temps de s'habituer…

Mais il doit être indulgent.

Roland ne va pas très bien, en ce moment. Il n'arrive pas à se remettre de sa séparation d'avec Mireille. Au début, il avait l'air de bien supporter. Il faisait le gars qui prenait les choses avec philosophie. La vie n'est pas un long fleuve tranquille, qu'à cela ne tienne, il apprendrait à pagayer. Comme pour le prouver, il s'est mis à draguer toutes les femmes qui passaient, surtout quand Mireille était présente, bien sûr. Là, il mettait le paquet. Il avait même fait un plan à Muriel, un soir où elle travaillait au restaurant, c'est elle qui l'avait raconté en rentrant. Bien entendu, elle lui a fait regretter d'avoir eu l'idée. Les vieux, c'était pas son truc, encore moins les gros. Et puis, les choses ont changé du côté de Mireille. Sans prévenir, elle s'est reprise, s'est mise à aller mieux. Ce n'est pas arrivé d'un coup, mais presque. Elle a commencé par arrêter les antidépresseurs, a réduit sa consommation d'alcool, puis elle s'est coupé les cheveux, a changé sa façon de s'habiller et s'est inscrite à un cours de gym. Pour être plus libre, elle a laissé les enfants dormir chez Roland de temps en temps. Puis, plusieurs soirs d'affilée. Le grand changement s'est opéré quand elle a démarré le théâtre, dans une troupe d'amateurs. Ça a été le déclic. Et c'est là que Roland a perdu pied. La chute est devenue vertigineuse quand il a compris qu'elle avait rencontré quelqu'un. De son âge à elle, en plus. Ça l'a complètement déboussolé. Du jour au lendemain, ses cheveux sont devenus blancs. Il a quarante-cinq ans, et on lui en donnerait soixante. Si ça continue, il va finir par rattraper son père, ce con-là !

Bon.

En attendant, c'est la première fois qu'il l'appelle pour demander de l'accompagner quelque part. Ferdinand ne peut pas refuser. Il lui donne rendez-vous pour dans une heure.

Avant de partir le rejoindre, il fait un tour dans son atelier. Ça fait des mois qu'il l'a déserté. Depuis Gaby. Pour elle, il veut trouver quelque chose de vraiment joli. Que ça plaise à Guy, et puis surtout, que ce ne soit pas gnangnan. Il a le temps. Rien ne presse. Il passe un coup de chiffon sur la plaque d'Alfred qui traîne sur l'établi. Elle est terminée depuis longtemps, il faudrait qu'il aille voir sa famille, leur demander leur avis. S'ils sont d'accord, ils pourraient aller tous ensemble la poser sur sa tombe. Et trinquer à sa santé avec tous ses copains, au café de la place. Momo, Marcel, Raymond, Pierrot et toute la bande.

Un peu plus d'un an, déjà, qu'il a tiré sa révérence, l'animal.

Alfred, dit Cholapin
Bon ferronnier
Bon copain
Père
Piètre mari
N'est pas mort de soif.

Ça va, c'est sobre.

Jacqueline ne risque pas de se froisser, c'est elle qui a demandé le divorce.

Et les enfants peuvent toujours rajouter quelque chose s'ils ont envie, il a laissé la place.

Il en exhume une autre, essuie la poussière pour lire.

À Henriette, mon épouse
Tu m'as pourri la vie pendant quarante ans.
Maintenant, repose.

Celle-ci, il la trouve marrante. Mais il la range dans un tiroir. Il pense que ce n'est pas le moment de la ramener, Roland n'apprécierait pas. Il n'a pas suffisamment de recul, son p'tit gars. Dommage, mais c'est comme ça.

60

Les grues

Il fait encore très froid. Le matin, le sol est couvert de gelées blanches. Mais la qualité de l'air et de la lumière a changé. Tout est plus vif, plus nerveux, les jours rallongent légèrement. Et puis, les grues reviennent. C'est bon signe, ça. Muriel, devant la fenêtre, raconte à Hortense ce qu'elle voit. Elles sont en train de passer juste au-dessus de la ferme, il y a plusieurs grands V, elles crient toutes en même temps, il y en a qui tournent en rond au-dessus de la maison, on dirait qu'elles sont perdues, ah non, ça y est, il y en a une qui a repris la tête, les autres suivent. Hortense voudrait les voir. Mais Muriel ne peut pas la soulever de son lit toute seule, elle le sait bien. Hortense souffle *S'il te plaît, Muriel.* Muriel hésite, c'est pas une bonne idée, en plus, c'est tout un bordel, il faudrait qu'elle débranche tout : la perfusion et aussi l'oxygène. Hortense l'implore. Muriel se décide, Oh et puis, merde, ouvre la fenêtre, appelle Kim. À deux, ils réussissent à l'asseoir dans la chaise roulante, l'emmitouflent dans son édredon, lui enfoncent un bonnet de laine sur la tête. Vite, sinon on va les rater ! Kim prévient : Accrochez-vous, Hortense, ça va décoiffer. Feu, partez. Il court en poussant la chaise dans le couloir, contourne la table de la cuisine sur deux roues, passe la porte de justesse, arrive dans la cour. Ah ! Elles sont là ! Il y en a des centaines ! Elle n'en a jamais vu autant. Hortense leur parle : Où c'est qu'vous étiez parties tout c'temps ? Je vous attendais, vous savez… Elles volent au-dessus de sa tête. Krrrou… Krrrou… Krrrou… De l'eau coule sur les joues d'Hortense. À cause du froid, sûrement. Et du ciel trop blanc. Ça brûle un peu les yeux, ça l'oblige à cligner. Il est temps de rentrer. Oh non, pas encore. Elle aimerait rester jusqu'à ce que les dernières soient passées. Les retardataires, il faut toujours les encourager. D'une voix faible, elle chantonne vers le ciel : Vous inquiétez pas, mes jolies, volez, volez, les autres sont pas loin, vous allez les rattraper…

61

Simone ramène les sous

Guy a pris la voiture pour accompagner Simone en ville, elle a rendez-vous avec son banquier. Il y a deux semaines, elle a signé les papiers de la vente de sa maison chez le notaire. Ça ne lui a rien fait du tout. Ni triste ni contente. En revanche, elle s'est retrouvée avec un gros problème sur les bras : qu'est-ce qu'elle et Hortense allaient bien pouvoir faire de tout cet argent ? Son banquier avait des tas d'idées, bien sûr. Mais elle avait besoin de temps pour réfléchir, pour se décider. La précipitation est mauvaise conseillère. Donc, le mieux, c'était qu'elle puisse récupérer la somme et la ramener chez elle. Il a fait les yeux ronds. En petites coupures, ce serait mieux. Déstabilisé, il n'a rien trouvé d'autre à dire que… ça n'était pas facile, il fallait qu'il se renseigne, et puis, ça allait prendre du temps. Elle a demandé combien. Il a répondu deux semaines. Elle a dit que ça ne la dérangeait pas. Voilà, les quinze jours sont passés, elle est au rendez-vous. Et Guy l'accompagne. Le banquier est très prévenant, l'aide à s'asseoir, prend des nouvelles de sa santé et de celle d'Hortense. Simone se méfie. Il cherche à l'amadouer, lui propose... un p'tit café ? Elle dit oui, juste pour l'embêter. Avec trois sucres, s'il vous plaît. Une fois qu'il est hors de la pièce, elle parle bas, dit qu'il ne s'embêtait pas à faire autant de simagrées quand elles n'avaient que leurs pensions à mettre sur le compte. Ni tapis rouge, ni tralala. La seule fois où elles ont eu un découvert – ça, elle s'en rappellerait toute sa vie –, il ne faisait pas du tout cette tête-là. Ah non. Pourtant, ça n'allait pas chercher bien loin, leur affaire, y avait pas de quoi fouetter un chat. Eh ben, si. Il avait été jusqu'à les menacer de saisie ! Avec lettre recommandée et tout ce qui s'ensuit. La trouille qu'elles avaient eue. Elles s'étaient déjà imaginé toutes les deux, jetées en prison, les cheveux rasés, en pyjama rayé et les fers aux pieds. Guy hausse les sourcils, elle regarde vraiment trop les séries américaines à la télé. Oui, oui, tu peux hausser les sourcils, gamin, mais t'imagines pas ce qu'on a enduré. On n'en a pas fermé l'œil pendant des jours et des nuits avec Hortense. Et maintenant, regarde-moi ça, c'est sourires, courbettes et compagnie. Ils ont pas de fierté, ces gens-là. Moi, j'te l'dis, Guy, les banquiers, c'est comme les assureurs, c'est tous des voleurs ! Là-dessus, Guy est plutôt d'accord. En attendant, c'est difficile de faire sans, alors il aimerait réussir à la convaincre de ne pas emporter tous ces sous avec elle dans son sac en imaginant les cacher sous son matelas. Trop risqué. Mais elle est têtue, Simone. Quand elle a décidé quelque chose... Elle veut ré-flé-chir ! Et en parler avec Hortense, si elle a encore la tête à ça, la pauvre. C'est tout.

Elle referme son sac, se lève pour partir. OK. Eh ben alors, on rentre. Le banquier reste assis, le regard dans le vide et les jambes coupées.

Quand ils arrivent à la ferme, Hortense est dans sa chaise au milieu de la cour. Muriel et Kim, de chaque côté, ont l'air un peu gênés.

— Vous êtes fous de la laisser dehors par ce froid !

— Elle voulait voir les grues…

— Mais ce qu'elle veut, c'est pas forcément bon pour elle, vous savez bien !

Hortense fait signe à Simone d'approcher, sa voix est faible, elle ne peut plus que chuchoter.

— Je les ai vues.

— Oui, mais…

— C'était beau.

Simone soupire, l'embrasse sur le front, puis pousse la chaise vers la maison. Kim et Muriel l'aident à la faire entrer.

Le soir même, après dîner, quand tout le monde s'est retrouvé dehors, sur le banc et les chaises pour boire un café, elle est venue leur annoncer très calmement qu'Hortense allait les quitter, c'était une question de jours, maintenant. C'est elle qui l'avait prévenue. Les grues, c'était le signe qu'elle attendait. Elle voulait partir avec elles, les accompagner.

62

Manque de sel, mon œil !

Ludo s'assied sur le bord du lit, plante son doigt dans la couverture.

— P'pa, tu dors ?

— Mmmm.

— Tu veux une aspirine ?

— Mmmmnon.

— T'as pas mal à la tête, aujourd'hui ?

— Mmmj'crois pas…

— Ah bon.

— Où est ton frère ?

— Tu te rappelles pas ? Il a voulu rentrer chez maman hier soir.

— Ah oui, c'est vrai. Quelle heure il est ?

— Neuf heures et demie.

— Ah, la vache ! Mais pourquoi tu m'as pas réveillé avant ?

— J'étais trop occupé.

— Qu'est-ce que t'as fait ?

— Un truc.

— Quel truc ?

— Dans la cuisine.

— Ouh la, j'espère que t'as pas mis trop le bordel...

— J'ai tout rangé après.

— Après quoi ?

— Mon travail.

— Mais de quoi tu parles, Ludo ?

— T'as qu'à venir voir.

— Bon. J'espère que t'as pas fait de conneries, hein.

Roland enfile une robe de chambre et des charentaises et descend lourdement l'escalier. À mi-chemin, il hume l'air, se tourne vers Ludo.

— Il sent bon, en tout cas, ton *truc*.

Ludo sourit légèrement, il a un peu le trac.

Dans la cuisine, Roland soulève le torchon et découvre une grosse miche de pain, dorée et craquante.

— C'est toi qui as fait ça ?

— Oui.

— Tout seul ?

— Ben oui.

— J'en reviens pas...

— Tu veux goûter ?

— Y a intérêt !

Il en coupe deux tranches. Ils croquent dedans en même temps.

— Mais, dis donc, il est craquant, moelleux, la mie est élastique, bien aérée, très parfumée... Où t'as appris à faire ça, toi ?

— C'est le copain de maman, il est boulanger.

— Ah.

Roland encaisse le coup, fait semblant de ramasser une miette tombée par terre. Et puis, il se redresse en grimaçant, sa main appuyée sur le côté gauche de sa poitrine, le visage rouge, il se racle la gorge.

— Bon, j'ai quand même une petite critique à faire, hein. Pour être complètement honnête, ça manque de sel. Et tu vois, Ludo, c'est dommage, parce qu'avec le pain, c'est le genre d'erreur qui ne pardonne pas.

Ludo remonte dans sa chambre en courant, se jette sur le lit, enfouit sa tête dans l'oreiller pour étouffer son cri… gros naze ! Une fois calmé, il sent une présence derrière lui, sort la tête de l'oreiller, se retourne brusquement pour faire face. Roland est penché au-dessus de lui, l'air ahuri, les cheveux ébouriffés, le tour des yeux tout gonflé et un petit sourire un peu niais. Il murmure : *Pardon, Ludo, il est parfait, ton pain. Je suis un gros naze, et en plus, je suis jaloux. C'est terrible…*

En l'aidant à préparer la cuisine pour le service du midi, Ludo a expliqué à son père comment il avait fait. D'abord, le levain. Fastoche. Il faut juste de l'eau et de la farine, tu laisses près du poêle et quand ça fait des bulles, tu rajoutes un peu de farine et de l'eau tous les jours pour le faire grossir. Le sien avait déjà deux semaines, il en avait ramené un bout de chez lui pour préparer ce pain-là. Et pendant qu'il faisait les comptes avec Mireille, hier, il était allé dans la cuisine, avait mélangé : 80 grammes de levain avec 400 grammes de farine, 350 millilitres d'eau tiède et une cuillère et demi à café de sel, il avait bien touillé et il était monté discrètement dans sa chambre avec le bol de pâte, pour la laisser lever toute la nuit près du radiateur. À sept heures, il était descendu sans faire de bruit, avait plié la pâte et l'avait laissée lever une deuxième fois, pendant qu'il faisait ses devoirs. Et à neuf heures, il l'avait mise au four. Voilà, p'pa. C'était pour te faire la surprise.

Ça a achevé d'émouvoir Roland. Et pour lui prouver son admiration, il a mangé la moitié de la miche avec du fromage et du vin. Il trouve son fiston épatant.

63

Une longue nuit (1re partie)

La Malonette tourne en rond dans la cuisine. D'habitude, c'est son endroit préféré, là où elle dort, où il fait chaud, là où elle reçoit des caresses et, le matin, de quoi manger. Mais la nourriture, pour l'instant, ce n'est pas ce qui la préoccupe, elle n'a pas faim du tout, et les caresses, elle s'en fout. Elle cherche un coin tranquille pour se poser, c'est tout. Ici, il y a trop de monde. Ça n'arrête pas de circuler. De fourgonner, de remuer dans tous les sens. Il n'y a que la nuit que ça se calme. Et encore, pas sûr. Parce qu'il y a Berthe. Et ses rêves de courses folles après d'étranges animaux. Elle couine de terreur ou jappe d'excitation, suivant celui sur lequel elle tombe. C'est énervant. Ça énerve particulièrement Mo-je. Mais lui, il est spécial. Il n'y a pas longtemps, il a failli lui crever les yeux en lui sautant sur la tête et en plantant ses griffes, tellement elle l'avait exaspéré. Il a les nerfs à vif et des réactions disproportionnées, et en plus de ça, il est jaloux comme un tigre, ce matou. Donc, la cuisine, non. Elle va voir ailleurs, prend le couloir, tourne à droite, la porte est entrouverte, elle entre dans la chambre des deux petites vieilles dames. C'est paisible et il fait chaud. Elle tombe sur le grand sac de pelotes de laine de toutes les couleurs, pense pendant une seconde que c'est pile poil ce qui lui faut. Mais se ravise, parce que quelque chose… elle sent qu'il y a quelque chose… Voilà. Sur le lit de gauche, une ombre vient de passer et un très léger souffle d'air l'a accompagnée. Froid. Peut-être est-ce l'âme d'Hortense qui s'enfuit. Malonette fait demi-tour et quitte la pièce au petit trot.

Finalement, elle décide de s'installer derrière la cuisinière à bois chez Kim et Muriel. Cette cuisine-là est plus tranquille. Mo-je ne pensera jamais à la chercher ici et Berthe ne risque pas de l'embêter avec ses rêves à la noix. Elle s'allonge sur le côté, son cœur accélère, elle se relève, se tourne, ne trouve pas de position confortable, son ventre durcit, on dirait une pierre, ses pupilles sont dilatées. C'est la première fois qu'elle a aussi mal. Elle est inquiète. Les petites bêtes qui remuaient en elle, jusque-là, ne bougent presque plus, comme prises dans un étau, lui appuient sur les côtes. La douleur l'empêche de respirer. Elle se met à ronronner pour essayer d'apprivoiser sa peur.

À trois heures, Muriel se lève pour aller faire pipi. Comme toutes les nuits, elle ne tire pas la chasse. A priori, de là-haut, on n'entend rien, mais elle préfère, on ne sait jamais. Et puis, elle pense qu'il faut faire gaffe à l'eau. Arrêter de la gâcher sans arrêt. De la faire couler pour rien. Pendant qu'on se brosse les dents, en se lavant les mains ou en faisant la vaisselle.

Ah là, c'est carrément l'horreur. Putain, qu'est-ce qu'on gaspille, c'est dingue ! Muriel prend conscience de l'environnement, c'est nouveau. Elle est d'accord avec Kim, il faut arrêter d'être cons, de se laisser manipuler comme des moutons. Il faudrait tout remettre en question. Devenir les artisans de nos vies, se prendre en charge, assumer nos déchets, merde, quoi ! OK. Mais elle n'en est pas encore arrivée au point d'accepter de passer aux toilettes sèches ! Ça, vraiment, ça la gonfle de devoir chier et pisser dans un seau de litière, comme les chats d'appartement ! Pourtant, il met beaucoup d'énergie à essayer de la convaincre. Elle et les autres habitants de la ferme. Pour l'instant, personne n'est très chaud, à part Marceline, mais elle, elle connaît déjà. Il veut leur faire rencontrer d'autres gens qui ont adopté le système pour qu'ils puissent poser des questions directement, un genre de forum. Ce qui les rend le plus sceptique, ce sont les problèmes d'odeur. Et puis, la manipulation des seaux hygiéniques, n'est-ce pas absolument malcommode, dégoûtant, archaïque ? Et puis, franchement, est-ce que le compost réalisé à partir des déchets humains est vraiment bon pour la fertilisation ? Quid des germes pathogènes, tout de même ? Sont-ils détruits durant le compostage ? Il va les brancher sur un blog pour pouvoir échanger avec des spécialistes. Ça va être marrant de voir les vieux chatter sur le net.

En ressortant de la salle de bains, Muriel hésite, n'a pas très envie de retourner se coucher tout de suite, va voir dans le frigo s'il n'y a rien d'intéressant. Il est vide. Sur la table, quelque chose attire son attention. Tiens, un magazine et une plaquette de chocolat !

D'où ça sort, ça ? Elle ne se demande pas longtemps, s'assied sur le banc, se casse un petit carré, le déguste en tournant les pages de la revue. À un moment, elle entend un bruit. On marche, là-haut. Les pas s'engagent dans l'escalier. Muriel lève les yeux, regarde arriver… des pieds nus, puis des jambes, un long tee-shirt blanc et… une tête de fille. C'est une nouvelle, celle-là, elle ne l'a jamais vue avant.

— Salut.

— Salut.

Elle replonge le nez dans le magazine.

— Les toilettes, c'est la porte là-bas.

— Merci.

— La nuit, j'évite de tirer la chasse, alors si tu peux…

— Ah, y a pas de toilettes sèches, ici ?

— Ben, on n'a pas encore commencé.

La fille fait la grimace. Quand elle revient, elle s'assied le plus près possible du poêle pour se réchauffer les pieds.

— Moi, c'est Suzanne. Et toi ?

— Muriel.

Et puis, là, dans le silence, un miaulement rauque. Ça les prend aux tripes. Elles se regardent, se penchent pour voir derrière le poêle.

— Mais qu'est-ce que tu fais là, ma p'tite Malonette ?

64

Une longue nuit (2e partie)

Muriel et Suzanne se sont assises toutes les deux par terre à côté de la Malonette.

Et elles ont passé le reste de la nuit à la caresser, à lui tenir la patte, à lui parler doucement dans le creux de l'oreille… *T'inquiète pas, ma douce, ma toute belle… ça va aller… c'est dur, mais tu vas y arriver… allez, il faut pousser, maintenant… oui, encore… c'est bien, tu y es presque… voilà… il est beau ton bébé, bravo, ma minette… oh, il y en a un autre…*

Au petit matin, elle a fait le dernier.

Il ne restait plus qu'une heure avant de se lever pour aller en cours, ça ne valait plus la peine de se recoucher, alors Muriel et Suzanne ont préparé du café et des tartines grillées et se sont mises à tchatcher. En commençant par les études : graphisme pour Suzanne, école d'infirmières pour Muriel… Eh, c'est marrant, ma tante est sage-femme… Sans déconner ? Mon dernier stage, je l'ai fait à la maternité… Ah ben, t'as dû la rencontrer. Elle est mate, un peu ronde

– enfin, comme toi, quoi –, elle porte des lunettes et elle est complètement dyslexique !… Non, ça me dit rien… Je te la présenterai, elle est cool, tu verras… Ça tombe bien, j'ai plein de questions à lui poser pour mon rapport de stage…

Et puis, elles ont parlé d'autre chose. Les garçons, ça a été vite fait : Suzanne a levé les yeux vers le plafond en faisant la moue, et Muriel a fait la moue en regardant vers le sol. C'était clair, pas la peine de s'étendre, elles ont attaqué d'autres sujets. La musique, le cinéma, les voyages qu'elles rêvaient de faire un jour, et puis, leurs rêves, tout court. Elles sont devenues copines au point de pouvoir se parler de tout sans prendre de gants. Et Suzanne a évoqué le problème de poids. Muriel ne l'a pas mal pris. Au contraire, elle avait besoin d'en parler. Elle a admis que ça faisait plusieurs mois – et comme par hasard, ça coïncidait avec l'hiver, la couche de gras contre le froid… – elle avait faim sans arrêt. Mais, ça y était, elle avait décidé de se mettre au régime et de faire des exercices pour ses abdos. Sinon, l'été prochain, le maillot de bain, elle pourrait faire une croix dessus ! En même temps, elle disait ça, mais elle s'en fichait un peu, au fond. Primo : elle n'irait sûrement pas en vacances à la mer, elle n'avait pas un rond. Deuxio : la piscine, c'était pas sa came. Elle était Taureau. Et c'est bien connu, les Taureaux détestent l'eau ! Mais là, Suzanne n'a pas du tout adhéré. Parce que, justement, elle avait lu récemment quelque part que, contrairement à ce qu'on pouvait penser, les Taureaux…

Quand le réveil a sonné, Kim a été surpris. D'abord, de se retrouver tout seul dans son lit, ensuite de voir les deux filles, en bas, en train de discuter comme de vieilles amies, et enfin, de découvrir que Malonette avait fait quatre petits.

Ce n'est qu'en revenant de cours, ce jour-là, que lui et Muriel ont appris pour Hortense.

Ça les a drôlement secoués. Surtout Muriel. Elle a pris sur elle d'entrer dans la chambre pour saluer le corps d'Hortense une dernière fois, elle sentait que c'était important pour Simone. Si ça n'avait tenu qu'à elle, elle ne l'aurait pas fait, les morts, ça l'impressionne. Mais elle n'est pas restée longtemps, sa tête s'est mise à tourner et elle a failli tomber dans les pommes. Guy et Ferdinand l'ont soutenue jusqu'au canapé pour qu'elle puisse s'allonger un moment. Quand elle s'est relevée, ça allait mieux, mais elle a préféré aller se coucher directement et sans manger. Ça lui avait un peu retourné l'estomac.

65

Comme on pouvait s'y attendre…

… peu de temps après la mort d'Hortense, Simone a commencé à perdre de l'intérêt pour ce qui l'entourait. Mais Guy veillait. Il a tout de suite repéré les petits détails qui ne trompent pas. Elle se couchait tous les jours un peu plus tôt, dormait de plus en plus tard, ne faisait aucun effort de coiffure, ne s'asseyait plus que très rarement avec les autres sur le banc, le soir après dîner. En revanche, elle était capable d'y rester des heures toute seule pendant la journée, sans bouger, sans rien faire, à regarder le ciel et les nuages passer. Et dès que quelqu'un s'approchait, elle se levait et s'enfuyait en prétextant quelque chose à faire de pressé. Encore plus grave, elle n'avait plus d'appétit. Et ça, ça ne lui ressemblait pas du tout, en temps normal, c'était une gourmande. Sauf qu'évidemment, plus rien n'était normal pour elle, maintenant. Sa moitié, sa belle-sœur Lumière s'était éteinte, elle ne savait plus quoi faire ni à quoi se raccrocher, ou tout simplement si elle avait encore envie. Quand on lui posait une question, elle s'interrompait au milieu de sa phrase, haussait les épaules et murmurait *Quelle importance, de toute façon*. Guy était passé par là, il n'y avait pas si longtemps, il connaissait par cœur. Il s'est donc mis à chercher le moyen de l'empêcher de sombrer. Pas facile, Simone était encore plus têtue que lui. Et bien plus vieille. Ça allait être coton…

66

La ferme d'Yvon

Ferdinand frappe à la porte de chez Mireille. Il ramène les p'tits Lu de week-end. Ce n'est pas elle qui ouvre, c'est Alain, le fils d'Yvon. Les enfants lui sautent dans les bras. Ferdinand s'étonne de le voir là, lui pince la joue en disant qu'il a drôlement poussé depuis la dernière fois, lui donne de grandes claques dans le dos. Le jeune homme est gêné, l'invite à entrer. Ils sont en train de prendre l'apéritif avec papa, venez donc vous joindre à nous. Ça tombe bien, Ferdinand avait justement prévu d'aller le voir pour lui demander quelque chose. Ils vont pouvoir en parler. Mais avant même qu'il commence, Yvon attaque direct sur son projet personnel. Il le prend à témoin en parlant du fiston. Le gamin a décidé de prendre une autre voie que la leur. C'est comme ça, c'est la vie. Bon, il est dans la boulange. Finalement, c'est logique : le père produit le grain, le fils fait du pain avec. Sauf que, lui tout seul, il commence à peiner. Il a les hanches qui s'enrhument, faudra bien qu'il y passe aussi, sur le billard, un de ces quatre. Ferdinand fait le spécialiste, le rassure, l'opération, c'est rien du tout. Lui, il a pu recavaler comme un lapin à peine quelques semaines après, avec sa prothèse. Comme neuf, le gars. Bon, Yvon dit que tant qu'il peut encore monter sur le tracteur, il préfère repousser à plus tard. En tout cas, ça y est, il est décidé : il va prendre sa retraite. Pas tout de suite, tout de suite, hein. Mais d'ici un an ou deux. En attendant, pour l'aider, il veut prendre un apprenti. Si par la même occasion, ça peut aider un môme à mettre le pied à l'étrier, c'est bien. D'autant plus que si ça colle, il envisagerait de lui céder la ferme et ses terres, à son départ, ce serait bien pour tout le monde. Ferdinand est ébahi. Il lui parle de Kim, un petit gars très gentil, très bosseur. Yvon l'interrompt. Il l'a déjà rencontré, c'est à lui qu'il pensait, évidemment. Mais il veut faire du bio, lui ! Oui, et il a raison, c'est l'avenir. Ferdinand est de plus en plus étonné. Yvon avoue ne plus avoir le courage de se lancer dans un truc nouveau, mais que ce n'est pas une raison pour mettre des bâtons dans les roues des jeunots ! Ferdinand se demande s'il n'est pas en train de plaisanter, le père Yvon. Pourtant il n'a pas bu plus que d'habitude. Il est sérieux. Son fils hoche la tête, pour le confirmer. Mireille, à côté de lui, aussi. Alors, lui qui avait l'intention d'aller le voir pour lui demander – un peu comme une faveur, quand même – de récupérer un des champs qu'il lui loue pour que Kim puisse le cultiver, il est vraiment baba. L'Yvon, il a un truc béton à proposer au petit, là… Eh bé.

67

Samedi soir, pleine lune

Assis côte à côte sur le banc, Ferdinand et Marceline comptent les étoiles. Ou plutôt, ils essayent. Mais bien sûr, c'est impossible, il y en a trop ! Le fond de l'air est frais, Marceline se rapproche. Il ferme les yeux, ravi et, en même temps, intimidé. Un quart d'heure plus tard, elle penche la tête vers son épaule, s'y appuie très légèrement. C'est la première fois. Il frissonne. Elle aussi. Ils ne bougent plus du tout, respirent à peine. Mais ça s'arrête là. Parce que Kim, en caleçon, ouvre la porte de chez lui à la volée – ils sursautent – et court vers eux, affolé.

— Muriel s'est enfermée dans la salle de bains, je crois qu'elle est malade, ça fait une heure qu'elle pleure !

Ils foncent.

Marceline parle à travers la porte.

— Qu'est-ce qu'il se passe, Muriel ? Ça ne va pas ?

— J'ai mal…

— Ouvre la porte.

— Je ne peux pas…

— Essaye, s'il te plaît.

— Je ne peux pas bouger, j'ai trop mal au dos…

En faisant glisser la lame d'un couteau le long du chambranle, Kim réussi à soulever le crochet, pousse la porte. Muriel est affalée dans le bac de douche. Marceline s'accroupit, la prend dans ses bras, la berce, lui demande où elle a mal. Fébrile, Muriel attrape sa main, la pose sur son ventre. Il est dur comme une pierre. Marceline a un mouvement de recul. Muriel s'affole.

— Je vais mourir, c'est ça ?

— Non, bien sûr que non. Mais, je ne comprends pas… Pourquoi est-ce que tu n'en as pas parlé avant ?

— Parlé de quoi, Marceline ? Parlé de quoi ?

Une nouvelle contraction lui arrache un long gémissement, il monte, monte, s'amplifie, finit dans un cri. Marceline la serre dans ses bras. T'inquiète pas, ma douce, ma toute belle… ça va aller… on va faire venir une sage-femme ou un médecin, ils vont t'aider… Muriel se tourne vers elle, hébétée. Son regard reflète une totale incrédulité. Et Marceline comprend qu'elle découvre elle aussi seulement à cette seconde ce qui est en train de lui arriver. Elle caresse son visage… *Pauvre petite puce*… Elle va chercher Kim et Ferdinand, ils l'aident à la transporter jusqu'à sa chambre, elle l'installe sur le lit, lui cale le dos avec des oreillers, ressort, demande aux deux hommes de trouver quelqu'un, un médecin ou une sage-femme, vite ! Ils n'ont pas l'air de comprendre ce qu'elle dit. Marceline les supplie de se dépêcher, c'est urgent. Kim et Ferdinand, inquiets, retournent dans l'autre aile de la maison pour téléphoner. À mi-chemin, Kim se rappelle que… la tante de Suzanne est sage-femme ! Il part en courant chercher son portable dans sa chambre. Il est une heure du matin.

Marceline caresse la tête de Muriel, lui parle doucement dans le creux de l'oreille… *Ça va, ma petite fille… ne t'inquiète pas… Kim a téléphoné, la sage-femme va arriver…* Mais à ce stade, Muriel souffre depuis des heures, c'est trop long, elle voudrait que ça s'arrête maintenant. Tout de suite. Elle a tellement crié qu'elle n'a plus la force de prononcer un seul mot, elle ne peut que balancer sa tête de droite à gauche, la seule chose qu'elle arrive encore à exprimer. Non. Non. Non.

Et le temps passe. Et les contractions se succèdent. Inlassablement, la ravagent. Puis, il y en a une plus douloureuse que les autres. Qui lui arrache les entrailles. Le sommet de la tête du bébé apparaît. Marceline sait qu'il ne faut plus attendre. *Ma petite Muriel… on va l'aider à sortir… écoute-moi… je te dirai quand pousser, d'accord ?… c'est bien, inspire… vas-y, maintenant, pousse… oui… oui… oui… c'est bien… encore une fois… pousse… encore… encore… encore… ça y est presque… encore, plus fort… voilà, sa tête est sortie… tu as fait le plus difficile… une dernière fois… ça y est, il est là, tu as réussi… bienvenue, petit ange… Muriel, c'est une fille…* Marceline est émue, elle couvre le bébé avec un drap pour qu'il n'ait pas froid, se penche pour le poser dans les bras de Muriel, mais celle-ci se détourne. Elle ne veut ni regarder ni toucher. Marceline a très envie de pleurer, mais elle se retient.

Il est deux heures du matin. Guy et Kim sont postés sur le bord de la route, juste avant la patte-d'oie. Ils ont chacun une lampe de poche à la main. La voiture de la sage-femme arrive, ils font de grands moulinets avec leurs bras, lui indiquent le chemin à prendre pour rejoindre la maison. Dans la cour, Ferdinand prend le relais, ouvre la porte, la fait entrer. Elle est gaie, ses gestes sont vifs et précis. Marceline est soulagée. Marie explique qu'elle a fait aussi vite qu'elle a pu, mais quand elle a reçu l'appel, elle était encore en salle d'accouchement. Les bébés arrivent souvent les nuits de pleine lune. Et en fin de semaine, aussi, c'est comme ça ! Elle ausculte l'enfant, coupe le cordon, le ligature, s'occupe de Muriel, vérifie qu'elle a tout expulsé, pose des questions sur la façon dont les choses se sont déroulées, félicite tout le monde d'avoir si bien travaillé. Mais elle comprend qu'il y a un problème, Muriel n'a pas un regard vers le bébé, même quand il commence à pleurer. Alors Marceline s'approche, caresse la main de Muriel, se penche à son oreille, lui demande à voix basse si elle veut parler de ce qu'il se passe ou si elle préfère la laisser commencer. Elle préfère. Les deux femmes quittent la chambre avec l'enfant. Muriel tourne la tête vers le mur et se met à pleurer doucement.

68

Dimanche

À six heures, quoique réveillée depuis longtemps par tout ce remue-ménage, Simone s'est enfin décidée à aller voir ce qu'il se passait dans la cuisine. Et elle a vu : Marceline était en train de préparer un biberon et Guy, un bébé dans les bras, marchait à grands pas à travers la cuisine, en essayant de calmer ses pleurs. Et là, son sang n'a fait qu'un tour. Elle s'est avancée vers lui, l'air décidé et les sourcils froncés : Tu crois vraiment que c'est une façon de traiter un enfant ? Tu le secoues comme un prunier, le gamin, pas étonnant qu'il pleure ! Guy l'a mal pris. Mais, aussitôt, il a réalisé : la Simone était de retour ! D'autorité, elle s'est assise dans un fauteuil et a tendu les bras, il y a déposé le nouveau-né, et, comme par magie, ses pleurs ont cessé. Vexé, il est sorti en prétextant du travail en retard. Bien sûr, en apprenant que ce bébé était celui de Muriel, Simone s'est fâchée. Parce que, franchement, ce n'était pas correct du tout de ne lui avoir rien dit avant ! Non mais, mettez-vous à ma place, de quoi j'ai l'air maintenant… Et Marceline lui a expliqué. Elle a très vite compris. Parce qu'un jour, avec Hortense, elles avaient regardé un film à la télé qui parlait de ce sujet. Ça les avait frappées. Au point de se rappeler de l'expression utilisée pour qualifier le problème. Alors, elle aussi, elle a eu un déni de grossesse, la pauv' petiote ? Marceline a hoché la tête. Bon. Et maintenant, qu'est-ce qui allait se passer ? Là, Marceline n'a pas su quoi répondre. Mais, pour l'instant, le bébé avait faim, et il lui restait encore des tas de choses à faire. Alors après l'avoir bien calée dans le fauteuil, elle lui a tendu le biberon, et l'a laissée se débrouiller toute seule. Simone a nourri l'enfant, l'a gardé contre elle pour lui faire faire son rot, tout emmailloté dans un tee-shirt 100 % coton – Kim trouvait ça important – et une écharpe multicolore, œuvre inachevée d'Hortense, en guise de couverture. C'était la première fois de sa vie que Simone tenait un bébé si petit dans ses bras. Qu'elle pouvait le regarder d'aussi près. Lui parler tout bas sans aucun témoin… *Mais qu'est-ce que tu es jolie, ma pitchounette… et gracieuse, aussi… ah mais oui, que tu l'es, gracieuse tout plein, ma poulette… et, voyez-vous ces p'tites mains… qu'est-ce qu'elles sont fines, ces p'tites mains… avec ces longs doigts de pianiste… et ces p'tits pieds, mais comment c'est possible, d'avoir des pieds si petits, si parfaits, si mignons, dis-moi voir, comment c'est possible, ça, ma p'tite princesse…* Elle devait peser moins de trois kilos, la p'tite princesse. Pas bien épaisse. Et pourtant, au bout d'une heure à peine, Simone avait déjà les bras tout ankylosés. Mais elle n'a rien dit, elle a enduré, sans bouger ni appeler à l'aide. Elle avait trop peur de réveiller le petit ange. Ou peut-être de briser la magie…

Kim a vérifié sur internet, la pharmacie de garde ouvrait à huit heures. À moins le quart, Marceline a pris la voiture de Ferdinand. La petite valise d'échantillons qu'avait laissée Marie pendant la nuit les avait bien dépannés, mais ça n'allait pas durer longtemps. Il allait falloir trouver : du lait maternisé premier âge, des tétines pour les biberons, des couches taille naissance, des serviettes hygiéniques, du sérum physiologique…

Dans l'atelier, Guy s'est remis au travail : il voulait fabriquer un berceau mobile. Un lit facilement déplaçable à travers la maison et qui ne risque pas de verser. Impératif. Alors, après avoir dégoté une vieille poussette dans la grange et l'avoir démontée, il n'a gardé que le châssis et les roues, et a décidé de fixer dessus… la panière à linge en osier de la buanderie. Ferdinand n'a pas trop apprécié. La panière, il en avait justement besoin pour transporter le linge qu'il venait de laver ! Oui, mais le lit, c'était une priorité ! OK, OK. Et Ferdinand a pris un cageot, ça revenait au même, de toute façon. Lui, son travail, ce matin, c'était de trouver de quoi habiller l'enfant. Plus tôt, il était monté au grenier et avait cherché le carton de vêtements, taille bébé, ayant appartenu à Ludovic et à Lucien. Un carton de souvenirs. Pour plus tard. Pour quand ils seraient grands. C'est Mireille qui avait rangé tout ça là-haut, au moment de leur déménagement. Donc, il avait tout descendu, mis les petits vêtements dans la machine à laver, et une fois le cycle terminé, avait étendu près du poêle pour faire sécher :

les petits pyjamas minuscules, les brassières fines fines fines, le bonnet trop mignon, les chaussettes de poupée…

Ils allaient bientôt pouvoir habiller et coucher le bébé dans un berceau. Si, toutefois, Guy trouvait une solution pour mieux arrimer la panière au châssis. C'était trop bancal encore, pas assez solide, d'après Ferdinand. Il lui a proposé de lui donner un coup de main, et Guy lui a dit d'aller *voir ailleurs si j'y suis !* Ferdinand est parti en grognant que vraiment il *avait la tête près du bonnet, ce gars-là !* Tout le monde était un peu à cran. Normal, ils manquaient de sommeil. Ou peut-être que la pleine lune leur tapait sur le système…

Dans l'autre aile.

Kim, vers neuf heures, a préparé un petit déjeuner pour Muriel. Elle n'avait pas faim, mais voulait se lever. Il a donc proposé de l'aider à marcher jusqu'à la salle de bains, mais elle l'a repoussé très sèchement, préférant se tenir aux murs et s'accrocher aux meubles que d'accepter son bras. Frustré, il est sorti faire un tour dehors. Il est allé voir si ses poulets allaient bien, a salué Cornélius qui sortait de chez lui, et a décidé d'aller travailler au potager. Il avait vraiment besoin de se défouler.

En rentrant de la pharmacie, Marceline est passée voir Muriel. Elle était assise près du poêle avec la Malonette sur les genoux, et jouait avec les petits chatons. Elle a trouvé ça troublant. Et puis, elle s'est assise à côté d'elle et elles ont parlé de choses et d'autres. Mais Muriel n'a posé aucune question sur le bébé. Marceline s'est dit qu'il allait falloir être patient. La sage-femme devait repasser la voir dans la journée, elles en reparleraient ensemble à ce moment-là. Ça allait s'arranger.

En fin de matinée, Guy est arrivé en poussant le berceau mobile devant lui. Bien sûr, Kim, Simone, Ferdinand et Marceline ont applaudi. C'est sûr, c'était un berceau spécial. Mais vraiment très maniable, souple et stable à la fois. Bravo. Ça lui a fait plaisir.

Finalement, après avoir bien réfléchi, ils ont installé le bébé et le berceau dans le petit salon attenant à la chambre de Simone. Elle n'y allait plus du tout depuis le départ d'Hortense. Et la chambre de Marceline se trouvait juste en face. Sans parler – cerise sur le gâteau – que c'était la pièce la plus proche de l'autre appartement ! Il suffisait de dégager le meuble dans le couloir qui condamnait la porte de communication, et Muriel pourrait venir voir son petit quand elle voudrait.

Ils ont dégagé le meuble devant la porte.

Mais Muriel n'est pas venue.

69

Gardien de nuit

Guy avait préparé un planning, au cas où, l'*organi-môme*, et d'office, il s'était inscrit pour la garde de nuit. Normal, il est le plus insomniaque de tous. Mais il avait été bien inspiré. Marceline était épuisée, Simone aussi, et comme lui et Ferdinand avaient fait la sieste pendant la journée, ils ont tout naturellement pris le relais. Et les deux femmes sont allées se coucher après dîner. En première partie de soirée, ils ont travaillé en tandem. Le bébé s'est réveillé vers vingt et une heures trente. Ils sont arrivés au galop dans la chambre. Au-dessus du berceau, ils se sont concertés. Tu la prends ? Non, vas-y, toi. Mais tu crois pas que. Mais non, voyons. Finalement, c'est Ferdinand qui l'a prise dans ses bras. Et il s'est promené de long en large dans la cuisine jusqu'à ce que le biberon soit prêt. Guy a bien suivi toutes les consignes laissées par Marceline, ça s'est très bien passé, il n'a rien cassé ni renversé, la température était parfaite et le bébé n'a pas pleuré longtemps. C'est quelques minutes plus tard que les choses se sont corsées. Quand, après une longue et douloureuse lutte, le petit ventre de l'enfant a soudain lâché un bruit tout à fait disproportionné par rapport à sa taille, du genre siphon d'évier qui se vide, et que l'odeur les a presque incommodés. Grosse inquiétude. Ils allaient devoir changer… la couche. Ni Guy ni Ferdinand ne l'avaient jamais fait. Guy, parce qu'il n'avait pas eu d'enfant, et Ferdinand, bien qu'ayant eu deux fils, ne s'était jamais retrouvé dans la situation de devoir le faire, sa femme s'étant toujours occupée de tout. Mais là, ils étaient seuls. Ils allaient devoir se débrouiller. Ça leur a pris un quart d'heure. Enfin, la petite s'est endormie et ils ont pu souffler.

Affalés sur le canapé du salon, ils n'ont pas allumé la télé, pour être sûrs d'entendre tous les bruits venant de la chambre du bébé. Et la lueur de la pleine lune éclairant suffisamment la pièce, ils n'ont pas allumé la lumière non plus. Après un long silence, ils se sont mis à chuchoter.

— Ça va, toi ?

— Ouais, ça va. Et toi ?

— Ça va.

— Mmmm.

— Je me demandais… tu regrettes pas ?

— Pas du tout.

— T'es sûr ?

— Certain.

— Ça en fait du monde, hein…

— Ouais.

— On aurait jamais pensé…

— Ah, ça non.

— C'est vivant.

— Ouais, c'est vivant. Et puis, c'est bien, y a du renouvellement !

— Pffff… arrête, tu me fais rigoler…

— Chut ! tu vas réveiller la petite.

— Oui, oui, j'arrête.

— Eh, Ferdinand ?

— Quoi ?

— Non, rien.

— C'est marrant, hein, des fois on croit qu'on a passé son tour, et puis paf…

— Ouais, c'est dingue.

— T'imagines…

— Mmmm.

Vers minuit, ils ont bondi comme des ressorts au premier miaulement. Cette fois, ils étaient rodés. Le biberon, les doigts dans le nez, et le changement de couche, dix minutes, à tout casser. Des vrais pros. Après ça, Ferdinand est monté se coucher. Guy a eu une petite suée la première fois qu'il s'est retrouvé seul à tout gérer. Mais ça lui a vite passé. Il s'est félicité d'avoir fabriqué le berceau mobile, il a pu emmener l'enfant avec lui dans la cuisine, préparer le biberon d'une main et le bercer de l'autre. Et puis, il y a eu le moment magique. Celui où il s'est assis dans le fauteuil et où il s'est rendu compte que c'était la première fois de sa vie qu'il donnait le biberon à un bébé d'un jour. Qu'il pouvait le regarder, lui parler tout bas sans personne autour. Juste lui et l'enfant… *Bonsoir, petite demoiselle… tu te rends compte, déjà ton anniversaire… un jour tout rond… mais dis donc, tu écoutes bien, toi… ah mais oui, c'est nouveau tous ces sons, ça t'intéresse… tu es drôlement mignonne, tu sais… mais oui… et voyez-vous ces p'tites mains… qu'est-ce qu'elles sont fines, tes p'tites mains… ces longs doigts de pianiste… et ces p'tits pieds, mais comment c'est possible, d'avoir des pieds si petits, si parfaits, si mignons, dis-moi voir, comment c'est possible, ça, ma princesse…*

70

Lundi matin, etc.

Lundi matin.

Encore un peu vaseux, Kim est descendu se préparer un café et prendre une douche. Mais le café était déjà prêt et la douche était occupée. Il lui restait vingt minutes avant de partir, il a trouvé ça juste. Pour gagner du temps, il est remonté chercher son sac de cours et ses fringues, et puis, il est redescendu. Il n'y avait plus de bruit dans la salle de bains, il s'est imaginé que Muriel prenait son temps, se séchait les cheveux en se regardant dans la glace ou se mettait de la crème sur le visage. Pour patienter, il s'est servi un café, l'a bu debout près du poêle. Dix minutes plus tard, Muriel est sortie de sa chambre, habillée, coiffée et maquillée. Kim est resté scotché.

— Qu'est-ce que tu fais ?

— C'est plutôt à toi qu'il faut demander ça. T'as vu l'heure ? T'as pas encore pris ta douche ?

— Je croyais que…

— Grouille-toi. Tu vas être en retard.

Après avoir enfourché sa bicyclette, Kim a hésité, il y avait de la lumière dans la grande cuisine. Muriel avait pris un peu d'avance, il s'est décidé, a appuyé le vélo contre le mur, est entré prévenir qu'ils partaient en cours. Pour être sûr d'être bien compris, il a ajouté : on part, moi et Muriel ! Et il a claqué la porte. Marceline et Simone sont restées coites.

Lundi après-midi.

Après deux heures de travail au potager, Marceline est rentrée. Inquiète de laisser Simone seule trop longtemps avec la charge du bébé. Mais tout allait bien. Elle était très organisée, Simone, on aurait pu croire qu'elle avait fait ça toute sa vie. Biberons, langes, câlins, soins, elle maîtrisait tout ça parfaitement. En plus, pendant les phases de sommeil, elle ne regardait plus la télé, ça ne lui manquait pas du tout ! Elle avait du boulot. Tricoter des chaussons, des bonnets, des brassières de toutes les couleurs. Très bien. Marceline, rassurée sur ce point, s'est retrouvée dans sa chambre. À réfléchir à la situation et, évidemment, à se faire du mouron. Et puis, comme ça, parce que ça faisait longtemps qu'elle devait le faire et n'en avait pas eu le temps, elle a sorti son violoncelle de sa housse. Pour lui faire prendre l'air. Il en avait besoin. Et aussi, d'être accordé. Ce qu'elle a fait. Bien sûr, ça lui a donné envie de se dégourdir les doigts. Elle a joué quelques notes et puis, tout naturellement, un petit morceau. Quand elle s'est arrêtée, surprise et encore un peu émue, Simone a passé la tête dans l'entrebâillement de la porte. Elle venait donner des nouvelles : la petite aimait la musique ! Ça faisait un moment qu'elle pleurait en se tortillant comme un asticot – elle devait avoir des coliques, la pauv' petite – et bling ! dès les premières notes, elle s'était arrêtée de pleurer ! Comme par magie ! Vous savez ce qui vous reste à faire, Marceline, elle a ajouté en plaisantant.

Quand Muriel est rentrée de l'école, elle est passée les voir. Elle avait bien réfléchi : s'ils voulaient garder le bébé, elle était d'accord. Mais elle, elle n'en voulait pas. Point barre. C'était direct, il y a eu un petit flottement. Ils avaient discuté tous ensemble pendant la journée, pour savoir quoi faire, quelle tactique adopter, et la seule chose sur laquelle ils étaient tous tombés d'accord, c'était qu'il fallait lui laisser le temps. Que ce soit pour s'habituer à l'idée, pouvoir changer d'avis ou pour découvrir son enfant, ils verraient bien. Donc, ils ont répondu d'accord. Ce qui n'empêchait pas qu'elle devait aller déclarer sa naissance à la mairie, c'était urgent. OK, demain matin avant les cours, ils emmèneraient le bébé en voiture, puisqu'il devait être présent. Donc, il allait falloir lui trouver un prénom… Elle leur a dit de choisir eux-mêmes. Bon, ils allaient réfléchir et lui faire des propositions. Non, elle préférait qu'ils décident. Eux ne voulaient pas lâcher, c'était important que ce soit elle qui… Mais Simone en avait tellement sa claque de devoir utiliser des mots comme : l'enfant, la petiote, le bébé, la pitchoune, la môme, qu'elle leur a coupé l'herbe sous le pied.

— Et si on l'appelait Paulette ?

Regards vagues…

— C'est joli, non ? Qu'est-ce qu'il y a, ça ne vous plaît pas ?

Tous, soudain intéressés par les lignes et les courbes de la toile cirée…

— Et toi, qu'est-ce que t'en dis, Muriel ?

Muriel a haussé les épaules et puis elle est sortie.

À la mairie, la secrétaire a demandé ce qu'elle devait noter, et Muriel a dit : Paulette. Et en deuxième, Lucie.

Le prénom de sa mère.

Ça vient du latin et ça veut dire : lumières.

— Le ton, qu'est-ce que t'en as, Muriel ?

[illegible]

Le prénom de sa nièce.

La vert du lin et au vent d'été, lumières.

REMERCIEMENTS

Merci à Florence Sultan pour son soutien, sa patience et sa voix si joliment voilée.
Et puis aussi à Adeline Vanot, Christelle Pestana, Patricia Roussel, Virginie Ebat et Hélène Kloeckner, bien sûr.

La chanson citée page 168 est Nuits de Chine, *paroles d'Ernest Dumont.*
La chanson citée page 183 est Arrêter les aiguilles, *paroles de Paul Briollet/Paul Dalbret.*

Le site solidarvioc.com existe (il s'agit du site crée par Guy, Ferdinand, Marceline, Simone et Hortense à la fin du roman).
Merci à Laurent Rouillard pour le webmastering et à Camille Constantine (la mouche CC) pour le graphisme et la maintenance.
Il peut être consulté, alimenté, commenté, critiqué (aïe, allez-y mollo, quand même…), il parle de solidarité entre les générations. Entre jeunes et viocs, donc, comme son nom l'indique.

Table

[illegible]
[illegible]
[illegible]
[illegible]
[illegible]
[illegible] chaque [illegible] les [illegible]
Mais [illegible]
[illegible]
fait [illegible]

Barbara Constantine
dans Le Livre de Poche

À Mélie, sans mélo n° 31630

Mélie, 72 ans, vit seule à la campagne. Pour la première fois, sa petite-fille, Clara, vient passer les grandes vacances chez elle. La veille de son arrivée, Mélie apprend qu'elle a un problème de santé… Elle verra ça plus tard. La priorité, c'est sa Clarinette chérie ! Durant tout l'été, Mélie décide de fabriquer des souvenirs à Clara.

Tom petit Tom tout petit homme Tom n° 32098

Tom a 11 ans. Il vit dans un vieux mobil-home avec Joss, sa mère (plutôt jeune : elle l'a eu à 13 ans et demi). Comme Joss adore faire la fête et partir en week-end avec ses copains, Tom se retrouve souvent seul. Et il doit se débrouiller. Pour manger, il va chaparder dans les potagers voisins… Mais comme il a peur de se faire prendre et d'être envoyé à la Ddass, il fait très attention.

Du même auteur :

Allumer le chat, Calmann-Lévy, 2007

À Mélie, sans mélo, Calmann-Lévy, 2008

Tom, petit Tom, tout petit homme, Tom, Calmann-Lévy, 2010

Voisins, voisines et Jules le chat, Rageot, 2011

Du même auteur

Allumer le chat, Calmann-Lévy, 2007

À Mélie, sans mélo, Calmann-Lévy, 2008

Tom, petit Tom, tout petit homme, Tom, Calmann-Lévy, 2010

Voisins voisines et Julie l'éclair, Rageot, 2011

Composition réalisée par [illegible] COMPO

Achevé d'imprimer en [illegible] 2012 en Espagne par
Black Print CPI Iberica, S.L.
Sant Andreu de la Barca (08740)
Dépôt légal 1re publication : [illegible]
Librairie Générale Française – 31, rue de Fleurus – 75278 Paris Cedex [illegible]

PAPIER À BASE DE FIBRES CERTIFIÉES

Le Livre de Poche s'engage pour l'environnement en réduisant l'empreinte carbone de ses livres. Celle de cet exemplaire est de :
400 g éq. CO_2
Rendez-vous sur www.livredepoche-durable.fr

Composition réalisée par FACOMPO (Lisieux)

Achevé d'imprimer en octobre 2013 en Espagne par
Black Print CPI Iberica, S.L.
Saint Andreu de la Barca (08740)
Dépôt légal 1re publication : octobre 2013
LIBRAIRIE GÉNÉRALE FRANÇAISE – 31, rue de Fleurus – 75278 Paris Cedex 06

31/7793/8